Karl Richard Lindscheid

Code A30V83

Roman

Karl Richard Lindscheid

Code A30V83

Roman

Bibliografische Informationen der Deutschen Nationalbibliothek: Die Deutsche Nationalbibliothek verzeichnet diese Publikation in der Deutschen Nationalbibliografie; detaillierte bibliografische Daten sind im Internet unter http://dnb-dnb.de abrufbar.

© 2024 Karl Richard Lindscheid
Verlag: BoD • Books on Demand GmbH, In de Tarpen 42,
22848 Norderstedt
Druck: Libri Plureos GmbH, Friedensallee 273, 22763 Hamburg
ISBN: 978-3-8370-1154-8

Widmung

Für Annette – natürlich

I

Es war wie im Nebel. Worte erklangen, aber waren ganz weit entfernt. Es war so, als gehörte ihm sein Körper nicht mehr: Die Beine ganz weit entfernt und die Arme wie Klumpen aus Fleisch, die neben ihm lagen. Sein Kopf stand unter Spannung, als gärte es darin, doch der Schädel schien für diesen Prozess einfach zu klein. Mike zuckte zusammen. Er verspürte Druck an seinem Kopf. Es schmerzte. Er wollte etwas sagen, seinen Schmerz herausschreien, doch aus seinem Mund kam nur ein blödes Lallen. Mike versuchte, den Druck abzuwehren, doch seine Hände gehorchten ihm nicht.

„Wie oft habe ich euch gesagt, ihr sollt nicht so fest zuschlagen, wie oft schon!" Mike konnte jetzt eine Stimme wahrnehmen, besser und genauer als zuvor. „Gottseidank scheint nichts gebrochen. Aber wo habt ihr denn hingeschlagen, seid ihr wahnsinnig? An die Schläfe schlägt man nicht. Das gibt ein subdurales Hämatom und dann verabschiedet sich der Betreffende. Ganz friedlich schläft er ein und nützt euch gar nichts mehr."

„Schon gut", hörte Mike eine andere Stimme. „Entschuldigung. Aber so einfach ist das nun auch wieder nicht. Wir sollten ihn herbringen. Da kommt es manchmal auch auf die Situation an."

Mike hatte das Gefühl, sein Kopf würde zerplatzen. Wieder wollte er etwas sagen, aber wieder brachte er nur ein Lallen hervor.

„Da seht ihr es." Das war die erste Stimme. „Motorische Aphasie. Der kriegt ja gar keinen Ton heraus. Und auch die Flügel bekommt er nicht hoch. Seht ihr, wie er die Arme heben will und es nicht schafft? Menschenskinder, das ist absolut unprofessionell. Einen Schlagring zu besitzen, heißt nicht, dass man ihn auch zu benutzen weiß."

„Schon gut, Doc", knurrte die zweite Stimme.

„Nein. Nichts ist gut. Ihr müsst lernfähig sein. Eine Entführung muss professionell vorbereitet und ausgeführt werden. Nützt es euch, wenn die Person abnippelt? Außerdem – gibt es nicht auch andere Methoden? Zum Beispiel ein bisschen Chloräthyl in einem Taschentuch vor die Nase halten. Das reicht doch in den meisten Fällen."

„Ging nicht." Mike hörte eine dritte Stimme. „P1 hat eigentlich alles richtig gemacht. Er hat den Schlagring so bewegt, dass kein Mensch das richtig sehen konnte, selbst wenn er gewollt hätte. Eine ganz feine Bewegung mit dem Handgelenk. Was ihm nicht so ganz gelungen ist, war der Zielpunkt am Kopf."

„Und die Dosierung des Schlags", ergänzte die Stimme des Docs. „Doch lassen wir das. Nun zu diesem Mann. Der bleibt hier liegen, bis er sich bekrabbelt hat. Wenn ihr ihn verhören wollt – und ich nehme mal an, dass ihr das tun wollt –, dann müsst ihr dafür sorgen, dass er fit im Kopf ist. Also: 24 Stunden Ruhe, keine Belastungen, ausschlafen lassen. Wenn er ansprechbar ist, ein Schmerzmedikament, sei es Ibuprofen, sei es Indometacin, wenn er will, ein Bier oder ein Glas Wein. Aber das ist klar: Kein Schnaps und vor allem keine Psychopharmaka. Ihr habt zwar alles da, aber lasst die Finger davon! Habt ihr verstanden, P1 und P2?"

„Ja, Doc", hörte Mike noch, doch dann kam der Nebel zurück und er verlor wieder das Bewusstsein.

Mike musste wohl geschlafen haben. Er versuchte, seine Augen zu öffnen. Das gelang ihm zwar, doch dann schloss er sie wieder. Zu grell war das Licht von der Decke. Der Kopf schmerzte immer noch, doch er drohte nicht mehr zu zerbersten. Mike versuchte, sich auf seine Arme zu konzentrieren. Er versuchte, den rechten zu heben. Es gelang. Auch der linke Arm ließ sich heben. Mike blinzelte gegen die Decke über ihm:

Immer noch zu hell. Er wendete den Blick, um seine Umgebung wahrzunehmen: Er sah, dass er in einem Bett lag, einem normalen Bett zum Schlafen. „Gästezimmeratmosphäre", ging ihm durch den Kopf. Er griff an seinen Kopf und ertastete erst einmal textiles Material. Er tastete weiter, rund um den Kopf. Das musste ein Verband sein, der auf Schläfenhöhe rund um den Kopf gewickelt worden war. Mike hob die Bettdecke und sah an sich herunter. Da musste ihm doch irgendwer einen Schlafanzug angezogen haben! Merkwürdige Situation: Da waren vorhin die Worte Entführung und Verhör gefallen. Oder hatte er sich das eingebildet?

Mike verschränkte die Arme und bettete seinen Kopf in die Handflächen, die jetzt auf dem Kopfkissen lagen. Wirklich merkwürdig. Es sah aus, als wäre er entführt worden. Doch zum Teufel: Warum? Wer sollte ein Interesse daran haben, ihn zu entführen und später dann auch noch zu verhören? Das sah doch sehr nach Mafia-Methoden aus. Doch was hatte er mit der Mafia zu tun? Was hatte er sich zuschulden kommen lassen? Mike schloss die Augen und sinnierte. Was kam sonst noch infrage? Hatte er Fehler gemacht? Wenn er es recht überlegte, hatte er bei der Steuer ein klein wenig das Steuerrecht gebeugt, indem er sein Arbeitszimmer auch noch nach der Coronazeit abgesetzt hatte, obwohl Home-Office längst vorbei war. Aber die Finanzverwaltung entführte nicht oder schlug mit einem Schlagring, nein, sie piesackte im Kleinen und drangsalierte mit Nickeligkeiten. Irgendetwas mit „Cum-Ex"? Fehlanzeige. Krumme Touren machte er nicht.
Ein Gag vom Karnevalsverein? Der eine oder andere der Mitglieder hatte manchmal schräge Ideen. Doch eine Entführung mit anschließendem Verhör zu inszenieren war das eine, Körperverletzung mit Bewusstseinsverlust und ärztlicher Behandlung das andere. Was sollte er machen?

„Ruhig bleiben", kam ihm in den Sinn. Autogenes Training wäre angezeigt. Vielleicht schaffte er ja wenigstens die ersten Übungen? Wie ging das noch mal? Mike überlegte: Als Erstes die Auftaktübung, dann die Schwere- und dann die Atemübung. Mike holte die Hände hinter seinem Kopf hervor und legte sie samt Armen neben sich, „Ich bin ganz ruhig und entspannt." Mike versuchte, sich zu konzentrieren. Noch mal: „Ich bin ganz ruhig und entspannt." Scheiße, es ging nicht! Wie sollte es auch gehen in dieser Situation? Er hakte auch Schwere- und Atemübung ab. Ruhig bleiben, ruhig bleiben, ruhig bleiben. Doch wie sollte er ruhig bleiben angesichts der ungewissen Situation?

Ein Schlüssel drehte sich im Schloss. Ein Mann kam herein. Soweit Mike erkennen konnte, sah er unauffällig aus: Ein Gesicht, an das man sich nicht erinnerte, ein Gang und eine Körperhaltung, die keine Besonderheiten beinhalteten.
„Schmerzen?", fragte der Mann sachlich und neutral.
„Ja", antwortete Mike, „kein Wunder nach dem Überfall."
„Keine Diskussionen. Am besten nehmen Sie eine Tablette Ibuprofen."
„Und wo bekomme ich die her?"
„Habe ich dabei. Hier", der Mann drückt aus einem Tablettenstreifen eine einzelne Tablette heraus. „Ibuprofen 400, wirkt gut."
„Und wie soll ich die einnehmen? Außerdem blendet die Deckenbeleuchtung enorm." Mike fühlte Wut in sich aufkommen.
„Kein Problem." Der Mann kam auf Mikes Bett zu. „Ich knipse das Licht auf dem Nachttisch an und mache das Licht für die Decke aus. So – schon passiert. Was ist mit dem Getränk zur Tablette? Bier, ein Glas Wein?"
„Bier", sagte Mike, „ein kaltes Bier."

„Was darf es denn sein?", hörte er. „Pils, Alt oder lieber Kölsch?"

„Kölsch doch nicht, hier trinkt man Alt", rief Mike.

„Wir haben Gatzweilers Alt." Der unscheinbare Mann wiegte seinen Kopf. „Wir sind hier breit aufgestellt. Einer unserer letzten Gäste wollte Kölsch, am liebsten Reissdorf. Das konnten wir nicht besorgen, doch immerhin Früh Kölsch. Das war auch in Ordnung."

„Dann Gatzweiler." Mike ließ sich auf sein Kissen zurückfallen und steckte die gereichte Schmerztablette in den Mund.

„Kommt sofort. Ich nehme mal an, null fünf."

„Sicher", antwortete Mike.

Wenig später wurde eine Halbliterflasche Alt auf seinen Nachtschrank gestellt. Mike trank einen großen Schluck und spülte damit die Schmerztablette herunter, doch bevor er weiteres Getränk zu sich nehmen konnte, verspürte er enorme Müdigkeit. Er ließe sich auf sein Kissen zurückfallen und hörte noch, wie ein Schlüssel sich im Schloss drehte. Dann war er eingeschlafen.

Mike schreckte hoch. Er verspürte Druck an seiner Schulter. Er öffnete die Augen. Der Unscheinbare stand vor ihm. „Ich habe die Wäsche gebracht", hörte er.

„Welche Wäsche?", fragte Mike.

„Na, die Sachen, die Sie anhatten, als Sie – sagen wir mal – hier eingetreten sind. Diese Wäsche war verschmutzt. Ein bisschen Blut war dabei, Sie hatten eingenässt und leider auch anderweitig unter sich gelassen. Klar, ist nicht Ihre Schuld, geht aufs Haus."

„Wie großzügig", bemerkte Mike „Aber bei einer solchen Behandlung kein Wunder."

Der Unscheinbare ging nicht darauf ein. „Ich lege die Sachen in den Schrank, alles gewaschen bzw. gereinigt."

„Das interessiert mich im Augenblick weniger." Mike fühlte sich vorgeführt. Er wurde lauter.

Der Unscheinbare hob eine Hand. „Zu Ihrer Geldbörse: In dieser waren eine Kreditkarte und eine EC-Karte einer genossenschaftlichen Bank, ein Führerschein, ein Personalausweis, ein Rentnerausweis sowie eine Bahncard 25. Dazu kamen 257,15 € in bar."

„Was ist mit der Krankenversicherungskarte?" fragte Mike.

„Die ist noch bei Ihrem Hausarzt", gab der Unscheinbare zurück. Die musste eingelesen werden wegen Ihrer Blutdruckmedikamente."

Der Mann hatte recht. Mike konnte sich erinnern. „Was ihr nicht alles über mich wisst", knurrte Mike.

„Es bestehen allerdings noch zwei Fragen", meinte der Unscheinbare. „Im Münzenfach Ihres Portemonnaies waren zwei Dinge, die nicht recht einzuordnen waren: Da waren ein Metallteil und eine Tablette."

„Ein Adapter", sagte Mike. „Ich habe ein Fahrrad mit Autoventilen. Damit ich das an meine Fahrradpumpe anschließen kann, brauche ich diesen Adapter. Und die Tablette ist gegen Pollenallergie. Damit ich sie bei Bedarf nehmen kann."

„Habe ich verstanden. Zum Frühstück", der Unscheinbare wechselte das Thema. „Tee oder Kaffee?"

„Kaffee."

„Es gibt zwei Brötchen, etwas Aufschnitt, Honig und Marmelade in Gastronomieportionen sowie ein Ei. Das Ei hart oder weich?"

„Fünf Minuten", sagte Mike.

Sein Gegenüber schüttelte den Kopf.

„Geht nicht, Bei L-Eiern sind fünf Minuten zu knapp. Sagen wir, sieben Minuten."

„In Teufels Namen sieben Minuten", brüllte jetzt Mike „Was soll das Ganze? Wo bin ich? Noch mal – was soll das Ganze?" Mikes Gegenüber hob erneut eine Hand. „Ich kann keine Auskünfte geben. Ich bin ausschließlich für den Service zuständig."

„Haben Sie vielleicht einen Namen? Und wer ist sonst noch dabei? Da waren P1 und P2 und ein obskurer Doc am Start. Vielleicht klärt mich mal jemand auf?"

„Ich bin K3", bekam Mike zur Antwort. „Wie bereits gesagt, ich bin ausschließlich für den Service zuständig. Fragen Sie mich nicht. Übrigens – hinter der Tür da vorn verbergen sich die sanitären Anlagen." Der Unscheinbare, der sich K3 nannte, verließ das Zimmer. Mike hörte noch, wie sich ein Schlüssel im Schloss drehte. Er sah sich in seiner Behausung um: Sein Aufenthaltsort, besser Gefängnis genannt, war ganz offensichtlich ein Kellerraum, ausgestattet mit einem Bett, einem Schrank sowie einem Tisch mit drei Stühlen. Über dem Bett, ganz oben unter der Decke, war ein vergittertes Fenster zu sehen, welches ganz offensichtlich zu einem Lichtschacht führte, sodass ein wenig Licht von dort in sein Zimmer drang. Ansonsten wurde der Raum durch zwei Deckenfluter und die Lampe auf dem Nachttisch beleuchtet. „Alles merken, genau registrieren", ging es Mike durch den Kopf. Sollte es ihm jemals gelingen, hier herauszukommen, wäre es sicherlich nützlich, genaue Details weitergeben zu können. Mike maß sein Zimmer, besser gesagt, seine Zelle aus. Er maß mit Handspannen, dann rechnete er: Er kam auf 4x5 Meter, also 20 Quadratmeter. Immerhin. Bei einem Hotelzimmer hätte man von einem Komfortzimmer gesprochen! Dann inspizierte Mike die „sanitären Anlagen", wie K3 sie genannt hatte, ein Bad mit Dusche, WC und Waschbecken, alles sehr sauber. Handtücher, Seife und Shampoo lagen bereit und auch an Zahnbürste, Zahnpasta und einen Kamm hatte man gedacht. Rasierzeug allerdings fehlte. Überraschend: Auch ein kleiner Kühlschrank war vorhanden. Mike öffnete ihn: Wasser, Altbier und einige Flaschen Wein lagen darin. Mike setzte sich. Was wollten die von ihm? Einer solchen Organisation war er nicht gewachsen. Die konnten alles, waren wohl organisiert, wie er jetzt schon sehen konnte, und gingen über Leichen. Gewohnheitsmäßig wollte Mike nach seiner Uhr schauen, aber die hatte man ihm abgenommen. Kontakte zur Außenwelt abschneiden, Zeitgeber eliminieren – das gehörte wohl auch dazu.

II

Wieder einmal drehte sich ein Schlüssel im Schloss. Zwei Männer betraten Mikes Zelle. Mike musterte die beiden. Zwei normale Schlägertypen, wie man sie in jedem zweitklassigen Gangsterfilm sehen konnte: Der eine mit deformierten Ohrmuscheln und einer schiefen und eingesunkenen Nase, an der sich wohl auch ein plastischer Chirurg versucht hatte – allerdings nur mit mäßigem Erfolg. Vielleicht war der Ausgangsbefund auch schon hoffnungslos gewesen. Der zweite hatte ein grobes Gesicht mit geäderten Wangen, der einige Pfunde zu viel mit sich herumschleppte. Preisboxer mit trinkfestem Adlatus, die klassische Kombination.

Der erste Mann begann: „Herr Möbius, guten Tag. Waren gerade einmal in der Gegend. Da wollten wir Ihnen mal einen Besuch abstatten." Er sprach relativ scharf. „Genau", echote der zweite mit dem Säufergesicht. Er sprach gutturaler, mehr im Halse.

„Setzen wir uns doch." Der erste Mann wies auf den Tisch. Mike zögerte.

„Na, wird's bald!" Der Mann setzte sich auf einen Stuhl, sein Kollege tat es ihm nach.

„Wollen Sie sich nicht vorstellen?", fragte Mike, obwohl er davon ausgehen konnte, dass er P1 und P2 vor sich hatte. Der Boxertyp stand wieder auf, ging auf Mike zu und hielt sein Gesicht ganz nah vor Mikes und zischte: „Freundchen, wir stellen hier die Fragen. Merk dir das." Der Mann hatte einen üblen Atem. Mike zog seinen Kopf zurück.

„Wir die Fragen, du die Antworten", fuhr der erste Mann fort. „Und wenn keine Antworten kommen, wirst du P1 und P2 in bester Erinnerung behalten."

„Ich nehme mal an", sagte Mike, „Sie sind P1 und der da am Tisch ist P2."

„Stimmt", sagte der Mann am Tisch mit seiner gutturalen Stimme, „der Derda am Tisch ist P2 und der andere ist P1, und wenn Sie nicht wollen, dass mein Kollege ganz schlechte Laune bekommt, setzen Sie sich ganz wacker zu uns an den Tisch, Herr Möbius."

Als die drei Männer am Tisch Platz genommen hatten, zog P1 einen Zettel aus der Tasche und knallte ihn mit der offenen Hand vor Mike auf den Tisch. „Kennen Sie diesen Zettel?"

Mike nahm den Zettel und studierte ihn. „Das ist mein Einkaufszettel. Wo haben sie ihn gefunden? Ich nehme mal an, ich habe ihn im Einkaufswagen liegen lassen. Ich hatte ihn schon vermisst."

„Schön, schön", knurrte P1. „Das sollten Sie aber auch erklären können." Er nahm den Zettel in die Hand. „Tomaten und Gurken kann ich verstehen, desgleichen Aufschnitt und Käse. Aber was soll denn RH 0,88 bedeuten?"

„Rinderhack für 88 Cent. pro 100 Gramm", antwortete Mike. „An der Fleischtheke gibt es das manchmal im Angebot. Ich kaufe immer ein Pfund, die eine Hälfte friere ich ein, aus der anderen Hälfte mache ich eine Bolognese."

„Genauer", befahl P1.

„Also gut: Ich schwitze eine Schalotte und eine Knoblauchzehe an, brate das Gehackte darin an, gebe Schinkenwürfel dazu, danach gehackte Tomaten."

„Wie würzen Sie?", fragte P2.

„Chili, Oregano, Thymian und etwas Miso."

„Was ist Miso?", wollte P2 wissen.

„Irgendetwas Japanisches, fermentierter Reis oder so ähnlich. Ich weiß nicht viel darüber, aber es gibt einen guten Geschmack."

„Und dazu ein Gläschen Vino Nobile di Montepulciano",
ergänzte P2.

„Durchaus", meinte Mike. „Wichtig ist es, die Bolognese zwei
Stunden auf dem Feuer zu haben."

„Was dazu?", fragte P2.

„Wie es weiter unten auf dem Zettel steht, bevorzuge ich
Maccaronelli."

„Penne", sagte P2 und wischte sich die Lippen.

„Sei nicht so verfressen", fuhr P1 seinen Kollegen an und zu
Mike: „Vielleicht habe ich mich gerade falsch ausgedrückt.
Unter „genauer" wollte ich die ganze Seite dieses Zettels
abfragen. Was bedeutet RF?"

„Ragout fin aus dem Glas. Ich bevorzuge einen bestimmten
Hersteller, das kostet nur wenig mehr, schmeckt aber
wesentlich besser."

P1 schien das zu reichen. „Dann hätten wir die erste Seite dieses
Zettels einigermaßen zufriedenstellend durchgesprochen, aber
was soll die Rückseite?" P1 drehte den Zettel und klatschte ihn
mit der flachen Hand vor Mike auf den Tisch, wie er es schon
einmal getan hatte. „Da steht ein Code drauf. Und relativ
blitzartig erläutern Sie mir, wie Sie an diesen Code gekommen
sind. Und noch wichtiger ist es uns, zu erfahren, wer sonst noch
Kenntnis von diesem Code bekommen hat."

„A Dreißig V 8 3", las Mike vor. „Das ist eine Anleihe, die auf
meiner Einkaufliste steht. Ich habe sie aber noch nicht gekauft,
weil mir der Kurs zu hoch war. Wissen Sie, für 100 Prozent
würde ich sie kaufen, zur Not auch für 100,50, aber nicht
darüber. Da behalte ich den Kurs der Anleihe lieber im Auge
und warte ab. Den Zettel nehme ich als Erinnerungshilfe."

„A 3 Null V 8 3", brüllte P1. „Das ist ein Code, ein wichtiger
Code für eine genauso wichtige Operation. Wir müssen
herausbekommen, wer davon Kenntnis erlangt hat. Und die Zeit

brennt uns auf den Nägeln. Also ein bisschen mehr! Ich lasse mir nicht gerne Lügenmärchen auftischen."

„A Dreißig V 8 3 kann ich mir besser merken als A 3 Null V 8 3", sagte Mike. „Das ist musikalischer. Und ich kann nichts dafür, wenn Sie zufällig einen Code mit derselben Buchstaben-Zahlen-Kombination benutzen."

„Sie lügen wirklich sehr spannend", mischte sich jetzt P2, der Mann mit der gutturalen Stimme, ein.

„Gut erzählt. Kompliment. Aber Sie werden verstehen, dass wir alles ein bisschen genauer wissen wollen. Sehen Sie, da liegt ein Zettel mit einem Code in einem Einkaufswagen. Er ist jedermann zugänglich. Wir müssen wissen, an wen er weitergegeben werden sollte, will sagen, wer der Adressat ist."

„Aber ich habe Ihnen doch schon gesagt, dass das mein Einkaufszettel ist und ich die Wertpapier-Kennnummer für ein Wertpapier notiert habe, das ich aber nur zu einem bestimmten Kurs kaufen will", brüllte Mike. Es war ihm egal, was die beiden Männer von ihm dachten oder welche Konsequenzen das für ihn haben könnte, er war einfach nur wütend. „Schlagen können Sie, aber einfach nur zuhören können Sie nicht." Unwillkürlich tastete er nach seinem Kopf. Der Verband war ab, die dicke und schmerzhafte Beule war noch da. „Schlagen geht. Wie ich hörte, bin ich knapp einem subduralen Hämatom entronnen. Wenn ich tot bin, nütze ich Ihnen nichts."

„Der macht mich noch wahnsinnig", stöhnte P1. „Also gut, dann müssen wir eben einen Gang höherschalten." Seine Stimme wurde noch schärfer. „Los, nach nebenan."

Wenig später befand sich Mike in einem anderen Raum, zu dem er mit gefesselten Händen und verbundenen Augen gebracht worden war. Angekettet an einen bullernden Heizkörper, wurde er von Scheinwerfern angestrahlt, die nicht nur blendeten, sondern auch durch Flackerlicht als äußerst unangenehm empfunden wurden. Aus einem Lautsprecher kam es mit zerhackter Stimme. „Für wen war dieser Code bestimmt?" Das war möglicherweise P1.

„Ich habe nichts weitergegeben", sagte Mike. „Der Zettel war nur für mich."

„Sie werden verstehen", kam jetzt eine andere Stimme, die möglicherweise P2 zuzuordnen war, „dass wir schon besorgt waren, als unser Code öffentlich ausgelegt worden war. Glücklicherweise wurde dieser Sachverhalt von einer uns nahestehenden Person entdeckt und uns zur Kenntnis gebracht. Den Zettel mit dem Code zu sichern, war das eine, den Verursacher des Problems zu finden, war das andere. Aber das ist uns ja gelungen. Also, erzählen Sie ein bisschen."

„Ich habe alles erzählt", wandte Mike ein.

„Der macht mich noch wahnsinnig." Ein Schatten löste sich aus dem Flackerlicht, kam auf Mike zu und hielt seinen Kopf vor den von Mike. Der üble Atem sprach eindeutig für P1. Ein Schlag auf den Solarplexus lähmte Mike. Die Fesseln am Heizkörper bewahrten ihn davor, auf den Boden zu gleiten.

„Du wirst uns nicht verscheißern", hörte er noch. Dann nahm er undeutlich wahr, wie er getragen und auf ein Bett gelegt wurde. Irgendwer knipste einen Beleuchtungskörper aus. Dann lag Mike wie paralysiert da. Das Dunkel tat gut.

Mike öffnete die Augen. Er wusste nicht, wie lange er geschlafen hatte, aber er sah Licht in seinem Gefängnisraum. K3 war dabei, ein Tablett auf den Tisch zu stellen. Dann machte er sich daran, die Dinge, die auf dem Tablett standen, auf den Tisch zu stellen. „Wie lange habe ich geschlafen?", fragte Mike.

„Dazu kann ich keine Auskunft geben. Aber ich rate Ihnen, das Frühstück einzunehmen."

Merkwürdig – trotz der vorausgegangenen Behandlung im Verhör verspürte Mike Hunger. Er erhob sich vom Bett.

K3 wies auf den Tisch. „Alles vorhanden. Kaffee, Brötchen, Butter, Aufschnitt, Marmelade und Honig."

„Und wo finde ich das Sieben-Minuten-Ei?", fragte Mike spöttisch.

„Hier, in diesem Handtuch." K3 wies mit einer Handbewegung darauf.

„Wozu denn zwei Eierbecher?"

„Ein Eierbecher ist leer", sagte K3. „In dem anderen Eierbecher befinden sich Ihre Medikamente: Atorvastatin 10 mg zur Senkung der Blutfette, 100 mg ASS sollen verhindern, dass Ihre Blutplättchen verklumpen, 50 mg Metoprolol dienen der Senkung des Blutdrucks und entfalten zusätzlich eine herzstärkende Wirkung. Dazu kommen noch 5 mg Amlodipin mit einer gleichfalls blutdrucksenkenden Wirkung."

„Stimmt alles zu hundert Prozent." Mike nickte anerkennend. „Kompliment."

„Man tut, was man kann", erwiderte K3 nicht ohne Stolz. „Unseren Gästen soll es im Rahmen des Möglichen an nichts fehlen."

„Warum machen Sie sich so viel Mühe?", spottete Mike. „Wenn Ihre Schläger die Verhöre erfolgreich absolviert haben, wird mein Leichnam, in Beton eingegossen, in irgendeiner Mole verbaut."

Mikes unscheinbarer Gastgeber sah ihn ernst an. „Ich kann Ihnen nur eines raten: Kooperieren Sie. Es gibt Qualen, von denen Sie keine Vorstellung haben. Da kann der Tod Erlösung bedeuten." K3 drehte sich um und wies auf den Frühstückstisch.

„Dann stärken Sie sich erst einmal." Mahnend fügte er hinzu: „Und vergessen Sie Ihre Tabletten nicht. Guten Appetit."

„Danke, werde ich haben", meinte Mike sarkastisch. Er sah zu, wie K3 den Raum verließ, und hörte, wie ein Schlüssel im

Schloss ging. Dann saß er am Tisch und starrte auf die Brötchen.

Mike hatte ein klein wenig von dem Frühstück herunterbekommen. Jetzt lag er auf seinem Bett und sinnierte. Vergeblich hatte er versucht, in den Modus für autogenes Training zu kommen, aber das war ihm – wie schon einmal – nicht gelungen. Etwas Schönes angesichts der herben Wirklichkeit musste in sein Hirn! Mike stellte sich das Naturschutzgebiet im Süden seiner Heimatstadt vor, eine Felder- und Heckenlandschaft. Hier ging er gerne spazieren, es waren ja auch nur ein paar Schritte von seiner Wohnung dorthin. Es war schön, alleine zu gehen, ein kontemplatives Schreiten, und den Gedanken freien Lauf zu lassen. Es war auch schön, den Reiz der Gehstrecke auf sich wirken zu lassen, die eine oder andere Beobachtung zu machen und vielleicht etwas Neues oder Überraschendes zu entdecken. Mike hatte auch an botanischen oder ornithologischen Exkursionen teilgenommen – dümmer wurde man dadurch ja nicht. Über die Papageien, die hier herumflogen, wusste er jetzt Bescheid: Die kleineren waren Halsbandsittiche, während die größeren, die aber eigentlich genauso aussahen, Alexandersittiche hießen. Diese waren allerdings sehr viel seltener und es machte immer Freude, sie neu zu entdecken.

Mike ging immer die gleiche Runde – gegen den Uhrzeigersinn. Zuerst an der kleinen Mauer vorbei, an der die Besucher ihre Autos parkten. Dann führte der Weg nach Süden, um zu einer Art Anleger zu gelangen. Der Rhein machte hier einen Knick und umfasste das Gebiet nach Westen. War man aufmerksam, konnte man auch Vögel erlauschen, ohne sie zu sehen. Da gab es den kratzigen Reviergesang der Dorngrasmücke, die immer „Geh weg von hier" zu singen schien. Eine andere Grasmücke, die Gartengrasmücke, fast immer tief im Gebüsch versteckt, sang anders. Mit weichen, lyrischen Passagen plauderte sie und schien in ihrer Mitteilsamkeit keine Grenzen zu kennen. Die Hecke kurz vor dem Anleger – Mike musste schmunzeln. Hinter dieser Hecke hatte er Sichtschutz und konnte sich erleichtern, wenn es nötig war. Das stünde einem Vor-Ruheständler zu, aber Ultraschall und Laborwerte der Prostata seien in Ordnung, da brauche es noch keine Medikamente oder gar eine Prostata-Schälung, hatte der Hausarzt gesagt. Genau hinter dieser Hecke befand sich auch ein Vorkommen der Ästigen Graslilie. Mike hatte keine genauen Kenntnisse von Botanik, aber der Name „Ästige Graslilie" hatte es ihm angetan. Zurück führte der Weg abseits des Rheins, man konnte ihn auch nicht sicher sehen, aber der tuckernde Dieselmotor eines Flussschiffes zeigte seine Lokalisation an. Kurz vor dem Schloss die Libanonzedern. Wie alt waren sie, hatte er das Jahr 1750 richtig im Kopf? Vielleicht waren sie ja auch älter. Das wäre möglicherweise vor Friedrich Schillers „Freude, schöner Götterfunken". „Alle Menschen werden Brüder", hieß es da. Doch zurück zur Rheinschleife. Mike zwang sich dazu. Die Libanonzedern, ein botanisches Denkmal, ein Ausflug in die Vergangenheit. Das Schloss dahinter war schön und frisch renoviert. Vielleicht jetzt noch auf einen Sprung in die Stammkneipe. Der Begriff „Stammkneipe" war eigentlich übertrieben. Klar, wenn der Karnevalsverein tagte, musste er dabei sein, aber sonst ließ er sich da nicht regelmäßig sehen. Ab und zu ein Alt und eine Frikadelle im Brötchen und ab und zu ein Alt mit einem Solei. Diese standen in einem großen Glas auf dem Tresen. Man konnte sich – wie früher – eines herausnehmen, die Schale abpellen, mit den Fingern durchbrechen und mit Löwensenf verzehren. Man konnte auch einfach von dem gepellten Ei etwas abbeißen …

Mikes Gedanken schweiften ab. Er hörte, wie die Tür ging. K3 kam herein und inspizierte den Tisch. „Viel haben Sie ja nicht gegessen, Herr Möbius."

„Ein Brötchen und das Ei", antwortete Mike. „Das Ei war genau richtig gekocht."

„Sag ich doch, L-Eier immer sieben Minuten. Marmelade und Honig kann ich wiederverwenden, auch die Butter, das sind Gastronomieportionen. Den Aufschnitt muss ich dann wegtun, eigentlich schade."

„Von dem Frühstück habe ich eigentlich nur etwas gegessen, um Sie nicht zu frustrieren. Sehen Sie, Sie machen hier etwas Konstruktives: Sie kümmern sich. Ihre Schläger dagegen, ich meine P1 und P2, die hören gar nicht zu. Wenn ich denen erzählen will, dass ich eine Anleihe kaufen will, eine Unternehmensanleihe, und dazu noch zu einem guten Kurs, dann schlagen sie gleich zu und berufen sich auf irgendeinen obskuren Code. Da muss irgendeine eine Verwechslung vorliegen oder was weiß ich. Wie soll ich denn kooperieren, wenn keiner mir zuhört?"

„Wie gesagt", meinte K3, „ich bin nur für den Service zuständig. Das, was ich Ihnen gerade sagte, hat meine Kompetenzen deutlich überschritten. Aber ich habe Ihnen noch etwas mitgebracht." Er legte eine Tube neben Mike auf das Bett. „Damit können Sie Ihren Kopf und die Bauchdecke behandeln. Diclofenac-Gel. Es wirkt entzündungshemmend, schmerzlindernd und abschwellend."

Unwillkürlich tastete Mike nach der Beule an seinem Kopf. Diese schmerzte zwar weniger als zuvor, aber konnte eine abschwellende Behandlung immer noch gut gebrauchen. „Danke", sagte er. „Aber letztlich nützt mir das nichts. Ich bin hier eingesperrt. Nicht einmal die Uhrzeit darf ich wissen."

„Wie ich schon öfter sagte", antwortete K3. „Ich bin nur für den Service zuständig. Die Regeln habe ich nicht gemacht, aber ich habe sie einzuhalten." Dann machte er sich daran, die Frühstückssachen auf das Tablett zu sortieren. „Ich gehe mal davon aus, dass Ihnen im Augenblick nicht danach ist, über das Mittagessen nachzudenken."

„Sie haben es erraten." Mike legte so viel Spott wie möglich in seine Stimme. „Und das würde Ihnen in meiner Situation auch so gehen."

„Selbstverständlich." K3 nahm das Tablett auf, indem er eine Hand mit gespreizten Fingern darunter schob. Er ging mit dem Tablett zur Tür und versuchte, diese mit der anderen Hand zu öffnen. Allerdings hielt diese Hand auch noch einen Schlüsselbund. Das war im Ganzen wohl zu viel: Die Hand, die das Tablett hielt, vollführte kreisende Bewegungen und wenig später lagen Tablett und die Sachen, die darauf gelegen hatten, auf dem Boden. „Mist." Eine kurze Gefühlsregung, dann wirkte K3, der Unscheinbare, noch unscheinbarer als sonst. „Ich gehe kurz, um Kehrschaufel und Handfeger zu holen", sagte er.

„Nur zu", antwortete Mike und legte die Hände unter seinen Kopf.

„So, fertig." K3 legte die Kehrschaufel mit den aufgefegten Sachen auf dem Tablett ab, den Handfeger daneben. „Glücklicherweise ist nichts Flüssiges dabei gewesen, so brauchte ich nicht zu wischen."

„Tut mir leid für Sie", sagte Mike.

„Eigene Dummheit", gab K3 zurück. „Einen Essteller und darüber zwei Suppenteller mit einer Hand zu tragen, ist eigentlich kein Problem. Das ist in der Gastronomie so üblich."

„Ich hätte aufstehen und Ihnen die Tür öffnen können", warf Mike ein. „Das wäre eigentlich eine Frage der Höflichkeit gewesen. Es ist nur so – Sie sind auf der anderen Seite, Sie sind Teil des Systems, das mich gegen meinen Willen hier festhält."

K3 sah Mike an. „Ich kann Sie gut verstehen, aber wie ich schon sagte …"

„Ich weiß, Sie sind ausschließlich für den Service zuständig", unterbrach Mike. Dann fuhr er fort: „Sie kommen hier immer relativ entspannt herein. Fürchten Sie eigentlich keinen Fluchtversuch?"

K3 schüttelte den Kopf. „Gegen das hier ist ein Hochsicherheitstrakt reinste Homöopathie. Hier kommt keiner heraus, es sei denn, es wird gestattet."

„Tolle Aussichten", meinte Mike. „Und wer es dennoch versucht, wird sanktioniert. Dann kommen P1 und P2 und arbeiten sich ab."

K3 senkte den Kopf. „Ich würde jetzt gerne das Tablett mitnehmen und die Trümmer irgendwie entsorgen. Aber eines müssen Sie wissen: Ich bin hier für Ihr Wohlergehen zuständig und das versuche ich auszuführen."

„Das verstehe ich", sagte Mike, „und ich weiß es auch zu schätzen."

K3 ging zur Tür, diesmal das Tablett in beiden Händen. Er drehte sich zu Mike um. „Sie sprachen gerade von Sanktionen. Bitte lassen Sie es darauf nicht ankommen."

III

Mike hatte sich nach dem Mittagessen auf sein Bett gelegt. Er wollte ein wenig dösen. Er fühlte eine merkwürdige Mischung in seinen Gedanken: Einerseits war es eine grenzenlose Wut, die ihn erfasst hatte ob der absolut überflüssigen Gefangenschaft, der Willkür und Selbstherrlichkeit dieser Organisation. Andererseits hatte er im Detail viele Dinge beobachten können, die für die akribische Arbeitsweise und den hohen Organisationsgrad seiner Wächter sprachen. Wie lange war er jetzt hier? – Vier, fünf oder gar sechs Tage? Mike hatte den Überblick verloren. Kein Radio, kein Fernseher, keine Zeitung, noch nicht einmal eine Uhr – wen wunderte es? An einem dieser Tage hatte man ihm seine Schlappen gebracht. Man? Natürlich K3. Es waren schwarze Clogs. Wären sie weiß gewesen, hätte man sie als Arztschuhe bezeichnet. Es waren seine eigenen Clogs, bei denen er am Riemen ein Loch mehr gestochen hatte, damit sie nicht drückten. Es waren seine eigenen Clogs aus seiner eigenen Wohnung. Da gingen die dort ein und aus! Schon früher hatte K3 ihm seinen Rasierapparat gebracht und sich für die verspätete Lieferung entschuldigt. Er hatte ihm allerdings nur den elektrischen gebracht, den Mike nur selten benutzte, den anderen, der mit altmodischen Rasierklingen bedient wurde, hatte man nicht zur Verfügung gestellt. Warum wohl? Eigentlich hatte das eine innere Logik: Mit einer Rasierklinge konnte er, Mike, versteckt und subtil Schaden bei seinen „Gastgebern" anrichten. Mit den Glasflaschen im Kühlschrank, seinem Gürtel oder seinen Schuhriemen hätte er allenfalls Gewalt gegen sich selbst richten können. Aber darüber wollte Mike im Augenblick nicht nachdenken.

Ein Schlüssel ging mal wieder im Schloss. Mike konnte hören, wie K3 den Schlüsselbund in seiner Hosentasche verstaute. „Wie war das Mittagsessen?", hörte er, dann schlug er die Augen auf.

„Ich will ehrlich sein", sagte Mike. „Als Sie mir das Mittagessen brachten, dachte ich zunächst, Sie hätten mir eine Currywurst mit Pommes von irgendeiner Bude gebracht. Aber als ich aß, stellte ich fest, dass es sich um gehobene Gastronomie handelte: Die Pommes frites waren holländische, die Wurst schmeckte anders als sonst und bei der Sauce handelte es sich nicht um Ketchup mit Curry."

„Das freut mich", antwortete K3. „Diese Currywurst ist wirklich etwas Besonderes. Bei der Wurst handelt es sich nicht um gewöhnliche Brat- oder Brühwurst. Das ist eine Merguez-Wurst, also halb Rind und halb Lamm. Und bei der Tomatensauce handelt es sich nicht um Ketchup, sondern um eingekochte passierte Tomaten, die mit einer speziellen Gewürzmischung behandelt wurden."

„Wie bekommt der Koch diese Sauce denn so sämig?", wollte Mike wissen.

„Quinoa", sagte K3, „ein bis zwei Esslöffel einfach mitkochen. Aber immer gut umrühren!"

„Sehr gut, wirklich exzellent." Mike nickte anerkennend. „Kompliment an die Küche."

„Ich werde es weitergeben." K3 wirkte erfreut.

„Kochen Sie auch?", wollte Mike wissen.

„Ab und zu", bekam er zur Antwort, „aber nicht auf diesem Niveau." K3 machte sich daran, Geschirr und Besteck vom Mittagsmahl auf sein Tablett zu sortieren. Er nahm das Tablett auf die Hand und blieb stehen.

„Ist noch was?", fragte Mike.

„Ich würde Ihnen gern ein paar Fragen stellen", sagte K3. „Aber erst will ich abtischen."

„Nur zu." Mike nickte. Er wurde neugierig.

„Nehmen Sie Platz." Mike wies auf den Tisch. K3 war zurück-
gekommen, nachdem er das Mittagsgeschirr weggebracht hatte.
„Was wollen Sie wissen?" Die beiden Männer setzten sich.
„Herr Möbius, bei Ihren Einlassungen höre ich sehr oft den
Begriff ‚Anleihe'. Können Sie mir da weiterhelfen?"
Mike stutzte. Damit hatte er nicht gerechnet. Was wollte K3?
Wollte er wirklich nur Sachinformationen oder wollte er ihn
aushorchen? Oder wollte er, K3, ihn, Mike Möbius, einfach nur
aus Mitleid zum Quatschen bringen? Quatschen über Alles und
Jedes als therapeutische Handlung. Wie sollte er sich verhalten?
„Herr Kadrei", begann er, „was darf ich denn bei Ihnen über
Anleihen voraussetzen?"
K3 stutzte. Dann begriff er. Seine Wangen röteten sich und er
begann zu lachen. „Ein schönes Wortspiel, wirklich schön.
Darauf ist vor Ihnen noch keiner gekommen."
„Ist mir spontan eingefallen", sagte Mike. „Aber zurück zu
meiner Frage: Was wissen Sie über Anleihen?"
„Ich hoffe", meinte K3 und sein Gesicht nahm wieder die Farbe
der Zimmertapete an, „dass ich nach diesem Gespräch mehr
weiß, aber im Augenblick dürfen Sie mich als blutigen Laien
betrachten."
„Wahrscheinlich stapeln Sie zu tief", meinte Mike. Solche
Floskeln sorgten in der Regel für eine angenehme Gesprächs-
atmosphäre. „Aber der guten Ordnung halber will ich dann ein
klein wenig ausholen. Sie können mich auch gerne
unterbrechen. Sehen Sie, wenn Sie eine Immobilie erwerben
wollen, sei es eine Eigentumswohnung, sei es ein Haus, gehen
Sie zu einer Bank. Die leiht Ihnen dann Geld und bekommt zur
Sicherheit die Rechte an der Immobilie. Also konkrete
Kreditzusage zu einem konkreten Wirtschaftsgut gegen
konkrete, dinglich gesicherte Gläubigerrechte. So weit klar?"

K3 dachte kurz nach. „Habe ich verstanden."

Mike dozierte weiter. „Bei großen Unternehmen und auch Staaten ist das anders. Die leihen sich Geld am Kapitalmarkt. Da gibt es viele verschiedene Anleger, zum Beispiel Banken, Pensionsfonds und viele andere mehr. Da gibt es natürlich auch Kleinanleger wie mich. Diese Unternehmen oder Staaten begeben eine Anleihe: Sie leihen sich Geld nicht für einen bestimmten Bedarf, sondern sie leihen sich Geld für allgemeine Unternehmensziele. Nun werden Sie fragen, welche Sicherheiten bieten diese Emittenten ihren Gläubigern? Da gibt es Kreditagenturen, welche die Kreditwürdigkeit dieser Unternehmen oder Staaten benoten. Das nennt man Rating. Und dieses Rating bestimmt auch den Zinssatz dieser Anleihen. Ein schlechteres Rating bewirkt höhere Anleihezinsen. Börsensprachlich wird dieser Zinssatz auch als ‚Kupon' bezeichnet. Je schlechter also der Ertrag eines Unternehmens ist und je höher der Verschuldungsgrad, umso schlechter ist das Rating und umso höher sind die Zinsen." Mike machte eine Pause. Es tat gut, einmal nicht seinen Gedanken nachzuhängen, sondern einfach nur vor sich hin zu erzählen. Hatte er die richtigen Worte gefunden oder hatte er zu hochgestochen herumdoziert? Nun, K3 würde es ertragen oder noch einmal nachfragen, wenn ihm etwas unklar war und nicht wild drauf losprügeln wie P1 und P2. „Die Zinsen für Anleihen richten sich natürlich nicht nur nach dem Rating eines Emittenten ..."

„Börsensprachlich der Kupon", warf K3 ein.

„Richtig", bemerkte Mike. „Ich lerne Sie als aufmerksamen Zuhörer zu schätzen." Er war ein wenig aus dem Konzept gebracht. „Wo war ich stehengeblieben?"

„Beim Kupon und weiteren zinsbestimmenden Faktoren", antwortete K3.

„Danke für den Hinweis." Mike führte weiter aus. „Weitere zinsbestimmende Faktoren sind auch die Laufzeit einer

Anleihe, die Branchenzugehörigkeit und natürlich – ganz wesentlich – die Allwetterlage für Kreditzinsen." Er war immer noch irritiert. Aus diesem K3 wurde er nicht so ganz schlau.

„Ich würde noch gerne etwas anfügen", sagte Mike. „Sie haben ja herausgefunden, dass ich mich für eine bestimmte Anleihe interessiere. Anleihen, das ist ein heikles Thema. Als Privatanleger müssen Sie natürlich auch sehen, ob die Stückelung der Anleihe stimmt. Wer kann sich schon eine Mindestanleihesumme von hunderttausend Euro leisten?"

„Schön wäre es." K3 machte ein versonnenes Gesicht.

„Sehen Sie", Mike machte eine Bewegung mit der Hand, „Geht mir genauso. Und dann sollte man die Laufzeiten mischen. Wenn alle Anleihen zu demselben Zeitpunkt fällig werden, könnten Sie ein Problem bei der Wiederanlage bekommen. Klumpenrisiko nennt man das."

„Verstehe", sagte K3. „Aber was ist mit Ihrer Anleihe, um die es hier geht?"

„Genau, jetzt kommen wir zum Punkt. Sie werden es mitbekommen haben: Es geht um die Anleihe mit der Wertpapierkennnummer A Dreißig V 8 3."

„Ich hörte von A 3 Null V 8 3", sagte K3.

„Ist doch dasselbe", meinte Mike. „Ich kann mir nur A dreißig einfach besser merken. Ich finde es musikalischer. Es ist ein Dreier-Rhythmus, so ähnlich wie Triolen. Ich bin jetzt kein großer Musikkenner. Ich spiele nur Akkordeon bei einem Karnevalsverein."

K3 dachte nach. „Kann ich nicht zwingend nachvollziehen. Beide Kennziffern, egal wie man sie ausspricht, stellen doch Dreier-Rhythmen dar. Aber wenn Sie sich ‚Dreißig' besser merken können als ‚Drei Null' ..."

„Stimmt, Sie haben recht", unterbrach Mike. „Sie haben es auf den Punkt gebracht: Dreißig klingt einfach schöner als ‚Drei

Null'. Meine musikalischen Erklärungen dazu passen aber nicht dazu."

„Was verbirgt sich hinter dieser Ziffer?", wollte K3 wissen.

„Das ist eine Anleihe der RWE AG, einem großen Energieversorger. Sie hat eine Laufzeit bis Februar 2029, wird also zu diesem Termin zu 100 % zurückgezahlt und ist mit einem Kupon von 3,625 % ausgestattet."

„Und warum haben Sie noch nicht gekauft?", fragte K3.

„Ich wollte nicht zu teuer einkaufen." Mike wunderte sich über die Präzision der Fragen von K3. „Börse heißt immer Angebot und Nachfrage. Ich wollte grundsätzlich in der Nähe von 100 % kaufen, aber nicht für 100,70 % oder gar 101 %. Deswegen habe ich mich auf die Lauer gelegt für einen vernünftigen Kurs. Und das natürlich auf meinen Einkaufszettel geschrieben."

„Das verstehe ich." K3 stand auf. „Die Pflicht ruft. Herr Möbius, ich danke Ihnen für die ausführlichen Einführungen in die Welt der Anleihen. Es war für mich sehr lehrreich."

„Es war mir ein Vergnügen", sagte Mike. „Sie waren ein aufmerksamer Zuhörer." Er stand gleichfalls auf. „Ich bitte allerdings um Nachsicht mit meinen musikalischen Vergleichen. Ich bin im Augenblick nicht zu 100% konzentriert."

„Das dürfte für jedermann verständlich sein", antwortete K3.

„Nun", fuhr Mike fort, „Sie haben ja gesehen, dass es sich hier um eine Anleihe handelt, die ich ganz arglos handeln wollte. Ich weiß ja, dass Sie ausschließlich für den Service zuständig sind. Das haben Sie ja oft genug betont. Aber wenn Sie schon nicht zuständig sind – wäre es nicht möglich, diesen Sachverhalt mit einem Verantwortlichen aus der Führungsmannschaft zu besprechen?"

K3 sah Mike an. „Ich habe meine Kompetenzen Ihnen gegenüber schon in mancherlei Hinsicht überschritten. Erwarten Sie daher von mir nicht all zu viel."

„Dann kann mal wohl nichts machen", seufzte Mike. „Trotzdem – es war ein angenehmes Gespräch."

Mike saß am Tisch, das Kinn in beide Hände gestützt. Das Gespräch mit K3 ging ihm durch den Kopf. Eigentlich war es ganz angenehm gewesen und es hatte gutgetan, mal wieder ein bisschen länger reden zu können. Aber die Umstände, die dieses Gespräch überhaupt erst möglich gemacht hatten – das war nicht in Ordnung! Mike versuchte, seine Wut wegzudrücken, seine Hilflosigkeit, sein Gefühl des Ausgeliefertseins. Musik fiel ihm ein. Er hatte das Akkordeon erwähnt, welches er im Karnevalsverein spielte. Es war nicht so, dass die Mitglieder dieses Vereins seine Busenfreunde waren. Man traf sich ab und zu, um zu proben, aber das geschah nicht häufig, immerhin hatte man alle Stücke sowieso im Repertoire. Vor den närrischen Tagen noch ein paar Proben und dann ging es in die Sitzungen. Nach den Proben und den Sitzungen ein paar Bierchen, selbstverständlich Alt, und dann ging man wieder auseinander. Wenn es nicht die große Freundschaft war, was war es dann? Man konnte sagen, dass es eher ein Gemeinschaftsgefühl war, ein Stück Heimat. Nichts für die Intellektuellen, die Philister, die an solchen „Brauchtumsangelegenheiten" ohnehin nichts Positives finden konnten, aber auch nichts Besseres dagegensetzen konnten. Das Akkordeon, kein Instrument für die Beletage der Musik. Irgendwie war es hierarchisch unter den „klassischen" Instrumenten angesiedelt, aber dennoch ungemein vielseitig. Erst Unterricht bei einem zweitklassigen Akkordeonlehrer – „fang schon mal an, ich gehe noch mal kurz austreten" –, doch als eine Anfrage vom Karnevalsverein kam, hatte er nicht nein gesagt. Um es zu Hause zu spielen, dafür war das Instrument wohl ein wenig zu laut. Das konnte man so einigermaßen nachvollziehen. Gabi hatte das Akkordeonspiel zu Hause kategorisch abgelehnt, aber das war eine andere Geschichte. „What shall we do with the drunken sailor", kam Mike in den Sinn. „What shall we do with the drunken sailor, what shall we do with the drunken sailor, what shall we do with the drunken sailor early in the morning?" Er summte das Lied vor sich hin. Jetzt zu einem Alt eine Frikadelle im Brötchen und dazu zwei Soleier. Das wäre genau das Richtige! Aber sollte er jetzt an seine Gefängnistür klopfen und bei K3 darum betteln? Nein, diese Blöße wollte er sich nicht geben.

Mike hatte geduscht, sich die Zähne geputzt und sich rasiert. Wenn man in Einzelhaft saß in einem Gefängnisraum ohne nennenswertes Tageslicht und äußere Zeitgeber, musste man sich die Zeit einteilen. Zum Beispiel die Zeiten zwischen den Mahlzeiten nicht durch unnötiges Grübeln verlängern, sondern durch etwas Sinnvolles verkürzen. Mike hatte sich an den Tisch gesetzt, an den Tisch, auf dem er bald sein Frühstück verzehren würde. Was hieß „bald"? Er konnte die Zeit ja nicht exakt messen. Ein Blick auf das vergitterte Fenster oben in seinem Zimmer, zeigte ihm an, dass die Nacht zu Ende war. Späte Dämmerung, früher Tag? Das musste er noch lernen, seine Sinne verfeinern, um wenigstens annähernd schätzen zu können. Auch musste er noch lernen, die Geräusche des Hauses, welches seine Gefängnisräume beherbergte, noch besser einzuordnen. In jedem Haus gab es individuelle Geräusche: Wie die Haustür ging, die Gegensprechanlage, Post- und Paketlieferungen oder die Müllabfuhr auf der Straße. Er musste aufmerksam sein! Wie seine Aussichten standen, aus diesem Kellerloch einigermaßen lebendig heraus zu kommen, das konnte er nicht absehen. Aber sollte es ihm gelingen, wollte er dazu beitragen können, seine Entführer und Peiniger, vor allem aber die Rädelsführer zu überführen.

Ein Schlüssel ging im Schloss. Das war K3. Mike konnte die von diesem speziellen Schlüsselbund verursachten Nebengeräusche genau heraushören. In der Tat betrat K3 den Raum. Er hielt ein Tablett auf der Hand. „Guten Morgen, Herr Möbius." Dann stellte er das Tablett vor Mike auf dem Tisch ab. „Wie gewünscht, Kaffee normal, aber nur ein Brötchen. Einmal Marmelade und eine Scheibe Aufschnitt. Lyoner Wurst. Mögen Sie Lyoner?"

„Eigentlich nicht", antwortete Mike. „Mit Frischwurst komme ich nicht sonderlich klar. Aber es ist in Ordnung. Sie geben sich viel Mühe."

„Danke." K3, wie immer unscheinbar, stellte zwei Eierbecher auf den Tisch. „Wie immer, ihre Medikamente und dann noch das Ei. War ein M-Ei, daher nur sechseinhalb Minuten."

„Alles gut, alles sehr aufmerksam", meinte Mike, „aber mit Freiheit hat das nichts zu tun."

K3 ging nicht darauf ein. „Zu Ihren Medikamenten müsste ich noch etwas Wichtiges bemerken: Es geht um die eine Ihrer blutdrucksenkenden Tabletten, das Amlodipin. Die Tabletten sehen jetzt anders aus. Es handelt sich aber nur um einen anderen Hersteller. Wissen Sie, die Generikahersteller sind nicht sehr verlässlich. Manche liefern von jetzt auf gleich nicht mehr und bei den verbleibenden kann man sich auch nicht sicher sein."

„Ach, hören Sie auf", Mike winkte ab, „was ich da alles schon erlebt habe, abenteuerlich. Na, wenigstens ist der Wirkstoff noch verfügbar. Ich habe am eigenen Leib erlebt, wie ein Wirkstoff Knall auf Fall nicht mehr lieferbar war. Daher vielen Dank für Ihre Mehrarbeit." Warum gaben die sich so viel Mühe bezüglich seines Gesundheitszustands? Mike überlegte kurz. Ganz klar. Es waren noch nicht alle Fragen beantwortet, die diese Gangsterorganisation an ihn hatte. So lange musste er gesund bleiben.

„Danke für Ihr Verständnis", hörte Mike. „Es gibt da allerdings noch ein kleines Problem."

„Und das wäre?"

„Ich kann das Mittagessen nicht pünktlich servieren, ich habe selber noch einen Termin. Wünschen Sie ein Lunchpaket oder ein späteres Mahl?"

„Weder noch", sagte Mike. „Ganz einfach. Wir lassen das Mittagessen ausfallen und zum Abendessen legen Sie eine Scheibe Brot mehr dazu."

Mike sah zu, wie K3 die Frühstückssachen vom Tablett auf den Tisch sortierte. Da platzte es aus ihm heraus; „Haben Sie schon mal darüber nachgedacht, wie das ist, wenn man in solch einem Kellerloch wie diesem eingepfercht ist und das Tageslicht nicht sehen kann? Wie das ist, wenn man nicht spazieren gehen kann, keinen Grashalm sehen kann, geschweige denn, sich an dem Duft einer Blume zu erfreuen?"

K3 wiegte seinen Kopf. „Wie ich schon öfter sagte …"

„Jaja, ich weiß, Sie sind nur für den Service zuständig", unterbrach Mike.

„Mein Handlungsspielraum ist leider stark eingeschränkt", fuhr K3 fort. „Aber ich habe da eine Idee. Ich lasse Ihnen einen Heimtrainer bringen, genauer gesagt, ein Fahrradergometer. Was halten Sie davon? Da kommen Sie wenigstens zu etwas Bewegung. Und ja, zwei Hanteln sind auch noch da. Das wäre doch was."

„Wenn Sie meinen", sagte Mike resignierend. Schreien und Brüllen würde auch nichts nützen.

„Also einverstanden?"

Mike nickte.

„Gut, dann lasse ich Ihnen gleich Fahrradsachen aus Ihrer Wohnung kommen."

„Nicht nötig." Mike winkte ab.

„Sehr wohl nötig, zumindest eine Fahrradhose." K3 widersprach energisch. „Wenn Sie mit Jeans Fahrrad fahren, werden Sie hinterher wund. Wer muss dann die richtige Salbe besorgen? Ich natürlich. Nur Gedöns. Als wäre nicht genug zu tun. Was meinen Sie, was das für eine Arbeit ist, Ihre Finanzen zu durchleuchten? Kontoauszüge zu sortieren, Salden zu ermitteln, Zahlungen auf Plausibilität zu überprüfen und vieles mehr. Was meinen Sie, was das für eine Arbeit ist, für Ihre Wohnung einen Ferien-Service zu organisieren? Die Treppe muss geputzt, die Blumen müssen gegossen werden. Die Post muss hereingelegt werden, Pakete müssen angenommen werden. Und wer, frage ich Sie, muss das alles organisieren und dazu noch in der heutigen Zeit, in der Personal knapp ist?"

„Ich verbitte mir, dass Sie in meinen Sachen herumschnüffeln. Womöglich leisten Sie auch für mich Unterschriften", sagte Mike lahm. Die gingen ja sowieso in seiner Wohnung ein und aus.

„Es ist doch nur zu Ihrem Besten", führte K3 aus. „Nur so können Sie doch den Nachweis erbringen, dass Sie nicht mit der Gegenseite oder der Konkurrenz in Verbindung stehen."

„Haben Sie etwas gefunden?"

K3 schüttelte den Kopf. „Nichts gefunden. In der Richtung sieht es gut aus für Sie."

„Dann müsste ich mich eigentlich bei Ihnen bedanken", bemerkte Mike.

„Nicht nötig, bin ich nicht gewöhnt." K3 nahm das Tablett auf. „Dann frühstücken Sie in aller Ruhe. Wir sehen uns dann zum Abendessen." Er machte sich daran, das Zimmer zu verlassen. In der Tür drehte er sich noch einmal um: „Ach ja, das hätte ich fast vergessen: Die Unterschrift oder die Handschrift, die wir nicht nachmachen können – die gibt es nicht."

IV

Mike war am Tisch sitzengeblieben, nachdem K3 abgetischt hatte. K3 hatte sich dann verabschiedet und Mike sich selbst überlassen. Was regte er, Mike, sich darüber auf, dass diese Bande in seine Privatsphäre eindrang und in seinen Unterlagen herumschnüffelte? Das war doch ein Klacks gegenüber dem, was sie sonst taten. Die gingen doch über Leichen! Und er verhielt sich wie das kleine Fritzchen nach dem Motto: „Das darf man nicht." „Edel sei der Mensch, hilfreich und gut." Was für einen Scheiß er doch in der Schule hatte lernen müssen. Deutscher Idealismus grüßt vom elfenbeinernen Turm! Mike musste aufpassen, dass er nicht in Rage kam, das war unnützer Energieverlust. Er brauchte seine mentale Kraft noch länger.

Es klopfte an der Tür. „Herein", rief Mike. Da wollte sich wohl jemand einen kleinen Scherz erlauben.
Ein Schlüssel ging im Schloss. Die Tür öffnete sich und P2 steckte seine Säufernase in den Raum. „Wollte nur mal nachsehen, ob jemand zu Hause ist", witzelte er. War die Fahne, die er vor sich hertrug, vom Vorabend oder vom heutigen Tag? Nicht darauf ansprechen, nicht provozieren. Einfach den anderen reden lassen. „Treten Sie doch ein, was führt Sie her?"
„Kommt sofort, nein, ist schon da. Hurra, Überraschung." P1 rollte ein Fahrradergometer an P2 vorbei in den Raum.
„Hier ist der Heimtrainer für Monsieur", hörte Mike aus P2s Mund. „Wo darf denn das gute Stück hin?"
„Am besten dorthin." Mike wies auf eine freie Wand.
P1 schob es bis zur Wand. „Dann mal viel Spaß mit dem Gerät. Ach ja", er griff in eine Hosentasche, „und hier noch ein Fahrradhöschen für Monsieur. Damit das Föttchen gut gepolstert ist. Hat wohl ein dickes Ei mit K3."

Was war mit den beiden los? Die waren sauer. Hatten die einen auf den Hut bekommen wegen ihrer Verhörmethoden?

P1 und P2 waren dabei, den Raum zu verlassen. Im Vorbeigehen zischte P1 Mike zu und ließ seine Blumenkohlohren leuchten: „Damit kannst du dich ja schön frischmachen, aber ich garantiere dir, das werden wir auch noch mal tun."

Alles klar, ging es Mike durch den Kopf. Die warteten darauf, ihn fertigmachen zu können. Die waren in Lauerstellung. „Schönen Dank", sagte er. „Das finde ich sehr nett. Dann werde ich das Gerät gleich mal ausprobieren. Aber um die Fahrradhose anzuziehen, müsste ich die Hose, die ich anhabe, herunterlassen und dazu würde ich gern allein sein."

„Dann sind wir mal weg." P2 schwenkte seine Fahne.

„Aber wir kommen wieder", ergänzte P1, „sehr gern sogar."

„Was die Gäste doch heute alles haben müssen", sagte P2. „Früher reichten Brot und Wasser …"

„Und eine Kette mit einer Stahlkugel ums Bein", wieherte P1. Mike hörte, wie sich ein Schlüssel im Schloss drehte. Was für widerliche Sadisten!

Mike untersuchte das Gerät. Das war kein altes Möhrchen, wie man es hätte erwarten können, nein, das war ein ganz hochwertiges Gerät, wie man es in Reha-Einrichtungen und ähnlichen Institutionen antraf. Mike löste das Kabel, welches zusammengerollt mit Paketband an der Sattelstütze angeklebt war, aus seiner Umhüllung. Wo war die nächste Steckdose? Er fand eine etwas weiter entfernt. Das Gerät umzustellen, war kein Problem, es hatte ja Rollen. Jetzt stand es weiter im Raum, aber ohne zu behindern. Mike sah sich die Elektronik an. Die konnte manchmal tricky sein. Am besten erst einmal auf „Stopp" drücken und das „Programm 1" wählen, das war in der Regel das einfachste. Mike stellte ein und probierte aus: Mit

„Programm 1" und „Stufe 3" kam er am besten klar. Jetzt noch die Sitzposition anpassen, dann konnte er loslegen. Er drückte auf „Start". Die Anzeige zeigte Wattzahlen und zurückgelegte Strecke an. Eine Stoppuhr lief. Das war es doch! Eine Uhr, die er nach dem Erwachen anstellen konnte. So konnte er sich einen ziemlich genauen Überblick über den Tag machen.

Mike hatte sich umgezogen. Die Fahrradhose natürlich, darüber ein T-Shirt. Seine Clogs hatte er angelassen. Er begann zu treten. „Programm 1, Stufe 3" war genau richtig. Es tat gut, sich ein wenig Bewegung zu verschaffen. Kilometer 1 war erreicht. Mike sah sich die übrigen Werte auf dem Display an: Er fuhr mit 70 Watt und erreichte damit virtuell 20 km/h. Das war nicht viel, aber er musste längerfristig denken. Die Sache mit Gabi kam ihm in den Sinn. Er konnte sich gegen diese Gedanken nicht wehren, sie kamen unvermittelt und waren sofort präsent. Unschön war es gewesen, wirklich unschön. Und natürlich tragisch. Erst die große Liebe, dann friedliche Koexistenz und danach? – Nur noch Krieg. Es war am Ende nicht mehr zum Aushalten gewesen. Wohin überall hatte er sich abgeseilt? Ein Besuch bei der alten Mutter: „Ich wollte mal eben vorbeischauen", dann noch einer und noch einer, so dass es selbst seiner Mutter auffiel. „Hast du mal wieder Stress mit Gabi?" Manchmal hatte er sich auch in die Kneipe abgeseilt, aber so ganz war das doch nicht sein Ding, am Tresen zu stehen, ein Glas mit Altbier in der Hand zu halten und sich von anderen erklären zu lassen, wie die Welt funktioniert.
Kilometer 3 war erreicht. Joggen hatte ihm keinen Spaß gemacht, aber dafür hatte er das Fitness-Studio für sich entdeckt. Nur hatte er wohl in seinem Eifer mit zu hoher Intensität trainiert – kein Wunder bei der Adrenalinbelastung! Hier eine Sehnenscheidenentzündung, dort ein gereizter Muskel, hinterher ging es einfach nicht mehr.

Kilometer 5 war erreicht. Ein kurzer Blick auf das Display: 70 Watt und 20 km/h waren konstant, also weitermachen. Was hatte denn eigentlich dazu geführt, dass es auseinanderging? Heute war es klar, doch damals nicht. Gabi war zunehmend aggressiv geworden, doch es war ein schleichender Prozess gewesen. Erst mal hier und mal dort eine Missstimmung, später kamen dann unverhohlene verbale Attacken gegen ihn. Hatte er sich immer richtig verhalten? Natürlich nicht. Er hatte dagegengehalten, klar, verletzte Ehre, gekränkte Selbstdarstellungen und was alles noch. Natürlich hatte er sich provozieren lassen, das war ja auch menschlich. Wirklich unschön. Mediationsangebote hatte Gabi grundsätzlich abgelehnt.

Kilometer 7: Es lief weiter ganz gut. Er kam ein wenig ins Pusten, aber das war gut. Aber nicht zu viel machen, doch im Augenblick lief es gut. Gabi kam ihm wieder in den Sinn. Die Scheidung und alles, was sich darum rankte – das war fürchterlich gewesen. Hier Beton, dort Beton und er hatte bei dem Betonanmischen auch mitgemacht und dagegengehalten.

Kilometer 10. Mike wischte sich den Schweiß von der Stirn. Kilometer 10 hieß, dass er mit 20 km/h eine halbe Stunde gefahren war. Zeit, um abzubrechen? Aber es lief doch gut, das musste er ausnutzen. Mit einer Kette am Bein, an der eine schwere Kugel befestigt war, konnte er das nicht. Was war da noch alles passiert? Ein richtiger Rosenkrieg war abgelaufen. Der Zugewinn sollte berechnet werden. Beide waren sie als mittellose Studenten in den Ehestand getreten. Aber Gabi hatte darauf bestanden, dass ihr uralter VW-Käfer mit einem Preis von 300 DM in die Zugewinns-Berechnungen einbezogen werden sollte. Und was alles sonst noch! Tragisch war es insgesamt gewesen, wirklich tragisch. Einige Jahre nach der

Scheidung hatte ihn ein alter Freund angesprochen: „Hast du das mit Gabi mitbekommen?"

„Nein", hatte er gesagt, „worum geht es denn?" Und dann hatte er erfahren, dass Gabi an einem Hirntumor erkrankt wäre und bestrahlt würde ohne große Aussicht auf Heilung. Natürlich hatte er sich um Gabi gekümmert. Wenigstens um das, was in seiner Macht lag. Das Hospiz hatten seine Schwiegereltern veranlasst, und er hatte sich um die Abrechnungen für Ärzte und Krankenhäuser gekümmert. Da war genug zu tun. Weil Gabi beamtet war, musste jede Rechnung sowohl bei der Krankenkasse als auch bei der Beihilfe eingereicht werden.

Kilometer 15. Jetzt war es gut. Mike wischte sich den Schweiß von der Stirn. Auch sonst hatte er ganz gut transpiriert. Es wäre besser gewesen, ein atmungsaktives Fahrradtrikot anzuziehen als ein T-Shirt, aber das konnte er jetzt nicht ändern. Wo überhaupt konnte er seine durchgeschwitzten Klamotten auslüften? Das war ein Systemproblem. Dieses könnte er jetzt stundenlang erörtern, aber er konnte es nicht lösen. Erst einmal diese Fahrt genießen – und versuchen, die Sache mit Gabi wenigstens für heute aus dem Kopf zu bekommen.

Es klopfte an der Tür. Mike konnte es soeben hören, denn er stand unter der Dusche. „Sofort", rief und spülte seine Haare ab. Dann hörte er, wie sich ein Schlüssel im Schloss drehte. Wenig später kam dasselbe Geräusch noch einmal. Merkwürdig. Mike trat aus der Dusche heraus und wand sich ein Badetuch um die Hüften. Ein Blick in sein Zimmer: Neben der Tür lagen zwei Hanteln. Mike hob eine auf: Es waren Plastikhanteln, die wahrscheinlich mit Sand gefüllt waren. So hörte es sich wenigstens an, wenn man sie schüttelte. Mike legte die Hantel ab. Im Augenblick hatte er keinen weiteren Bedarf an Sport. Doch er wollte diesen Augenblick genießen. Wäre er nicht in dieser Situation und wäre ihm die Sache mit Gabi nicht in den Sinn gekommen, hätte er diesen Fahrradausflug sogar als unbeschwert bezeichnen können. Er trocknete sich ab und zog sich an. Das nasse T-Shirt hängte er im Bad über einen Heizkörper. Er stellte die Lüftung an und ließ die Tür zu seinem Gefängnisraum auf. So würde es schon gehen. Wo aber sollte er die Hanteln hinlegen? Mike entschied sich dafür, sie in den Schrank zu legen. Nicht auf den Boden, da könnte er sich stoßen oder darüber fallen. Mike konnte sich lebhaft erinnern: Einmal war ihm eine volle Bierdose auf den Fuß gefallen und er konnte vier Wochen lang nicht richtig laufen. Eigene Blödheit. Die Dose war beim Herumsortieren aus dem Kühlschrank gefallen und er hatte, um den Sturz zu mildern, intuitiv seinen Fuß vorgestreckt.

Zeit für ein Bierchen? Eigentlich hatte er sich das verdient. Mike versuchte, abzuschätzen, wie spät es war. Er blickte auf den Timer seines Ergometers, er versuchte durch einen weiteren Blick auf sein Zellenfenster die Tageszeit zu ermitteln. Wann war das Ergometer gebracht worden und wann ungefähr hatte er begonnen, das Gerät zu benutzen? Mike rechnete. Er kam auf eine Tageszeit von 17 Uhr plus minus eine Stunde. Das war zu früh für ein Bier! Vielleicht noch einmal ein Versuch mit dem autogenen Training? Er konnte es ja wenigstens einmal versuchen.

„Und zurücknehmen." Mike hob Hände und Unterarme bis zur Senkrechten und machte mit beiden Händen eine Faust. Ein wenig halten, dann ließ er Unterarme und Hände wieder in die Waagerechte gleiten. Mit dem autogenen Training hatte es wohl nicht geklappt. Darüber war er eingeschlafen. Aber es hatte trotzdem gutgetan. Mike hörte, wie ein Schlüssel im Türschloss ging. Die Tür öffnete sich und K3 kam herein. Anders als sonst schob er einen Servierwagen vor sich her. „Ihr Abendessen."

K3 stockte in der Bewegung und schnüffelte. „Oh, da haben Sie sich ja viele Kalorien weggeschwitzt."

„Ja", sagte Mike, „wenn man schon die Gelegenheit hat …"

K3 überlegte einen Moment. „Da wir hier keine Klimaanlage oder ein Fenster zum Lüften haben, schlage ich Folgendes vor: Ich decke erst mal ein und dann nehmen Sie Ihr Abendessen wie immer am Tisch ein. Ich leiste Ihnen dabei Gesellschaft. Und die ganze Zeit lassen wir die Tür, durch die ich gekommen bin, geöffnet. Sie müssen mir nur versprechen, keinen Fluchtversuch zu unternehmen."

„Ist versprochen", antwortete Mike.

„Wissen Sie", sprach K3, „raus kämen Sie sowieso nicht. Es ist nur so, dass es bei einem Fluchtversuch dazu käme, dass ich mit Sanktionen zu rechnen hätte."

„Das wollen wir natürlich vermeiden", ergänzte Mike. „Aber was halten Sie davon? Wir flüchten gemeinsam. Wir gehen durch diese Tür, dann öffnen Sie die weiteren Türen und wenn wir auf der Straße sind, trennen wir uns. Sie gehen nach links und ich nach rechts oder umgekehrt. Das können Sie sich aussuchen."

K3 sah Mike für eine kurze Zeit an. Umspielte ein feines Lächeln seine Lippen? Dann wies er auf den Servierwagen: „Ich decke mal ein."

Mike inspizierte die Sachen, die jetzt auf den Tisch geräumt wurden. „Das sieht aber edel aus."

„Kann man sagen", gab K3 zurück. „Lachs, Serrano-Schinken und Roastbeef. Eier in Scheiben und Remoulade. Dazu gibt es Baguette. Das passt besser als normales Brot."

„Und was ist in dem kleinen Fläschchen drin?", wollte Mike wissen.

„Ein Piccolo mit Sekt ist das. Ich weiß nicht, ob Sie ‚halbtrocken‘ mögen, aber es gab nichts anderes."

„Passt schon", meinte Mike. „Sollen wir uns das Fläschchen teilen?"

„Das geht wirklich nicht", betonte K3, „Ich darf mit unseren Gästen nicht fraternisieren. Aber essen Sie doch. Sie werden Hunger haben."

Mike begann mit dem Essen. Er bestrich eine Scheibe des Baguettes mit Remoulade, legte Lachs darauf und zuletzt einige Eierscheiben. Er aß davon. Mit vollem Mund bemerkte er dann: „Köstlich, wirklich köstlich."

„Das ist Wildlachs", sagte K3, „nicht dieser Lachs aus den Fischfarmen, für die sie ganze Fjorde absperren. Und sehen Sie hier, das ist spanischer Serrano-Schinken. Ich weiß nicht genau, wie er gereift ist, aber das werden Monate bis Jahre gewesen sein."

„Das Roastbeef sieht auch gut aus." Mike nahm sich eine Scheibe. „Hauchzart geschnitten, nicht zu sehr durch, aber auch nicht mehr blutig."

„Niedrigtemperatur-Methode", warf K3 ein, „das macht man heute so. Aber das Roastbeef sollten Sie ohne Beilagen essen, einfach abbeißen und auf der Zunge zergehen lassen. Ist übrigens Roastbeef vom Öko-Rind."

„Schmeckt man." Mike wischte sich den Mund ab. „Aber eine Frage: Wie komme ich zu der Ehre dieses Mahls?"

„Eine Veranstaltung." K3 guckte verschmitzt. „Da wird doch immer großzügig kalkuliert, da ist immer zu viel da."

„Und da haben Sie mir mein Abendessen organisiert?"

K3 winkte ab. „Ist doch besser als wegschmeißen. Aber nicht warten, bis hinterher die Trümmer eines Buffets vorhanden sind. Vorher portionieren ist besser."

„Haben Sie denn auch etwas abbekommen?", fragte Mike.

„Ja, natürlich, ist alles kein Problem. Aber jetzt sollten Sie auch einmal den Sekt probieren …"

Mike lag auf seinem Bett, die Hände hinter seinem Kopf verschränkt. Wie es um ihn stand und welche Perspektiven er hatte, das wusste er nicht. Wie sollte er auch? Er hatte – wie lange war es her? – mal einen Roman gelesen, von dem russischen Schriftsteller Solschenizyn verfasst, der selbst in Straflagern sehr erfahren gewesen war. Der Roman hieß: „Ein Tag im Leben des Iwan Denissowitsch". Und da war wirklich nur ein Tag beschrieben, den der Protagonist, der noch 3000 Tage Straflager vor sich hatte, erlebt hatte. Er hatte zwei Fischaugen in seiner Suppe gefunden, einen Extrabrei bekommen und sich für Tabak etwas hinzuverdient. Zum Schluss hatte es geheißen: „Eigentlich war es doch ein schöner Tag gewesen, fast glücklich." Ja, eigentlich war es ihm am heutigen Tag auch so ergangen. Mike löste seine Hände vom Kopf und zog die Decke etwas höher.

V

Mike war nach dem Frühstück am Tisch sitzengeblieben. Heute wollte er sich ein wenig mit den Geräuschen in seinem Verließ beschäftigen, seien es die, die über den Lichtschacht kamen, seien es die, die von der Tür und dahinterliegenden Räumen kamen. Das Gehör schärfen und alle Feinheiten wahrnehmen! Wer weiß, wofür das nützlich sein konnte, in jedem Fall war es nicht verkehrt, sein Gehirn zu trainieren! Mike versuchte, sich zu konzentrieren. Da hörte er, wie schon so oft, wie sich ein Schlüssel im Schloss drehte. Mike sah auf. Die Tür schwang auf, als ob sie einen Tritt bekommen hätte und P1 stand im Raum. „Aufstehen", kommandierte er. „A1 kommt."

„Na gut." Mike stand auf. Im gleichen Moment betrat ein anderer Mann den Raum, ein älterer Mann, den Mike noch nicht kannte, dahinter kam P2.

„Ist das der Mann?", fragte der ältere Mann, eine eindrucksvolle Erscheinung.

„Ja, das ist er", sagte P1.

„Gut. Dann holt mir noch K3."

Mike sah sich den Mann an. Wie alt mochte er sein? Schwer zu schätzen, aber die 70 hatte er sicher schon überschritten. Er trug seine weißen, aber immer noch vollen Haare etwas zu lang, so wie sich man das bei einem spanischen Granden oder einem Dirigenten vorstellen konnte.

„Da bin ich." K3 betrat den Raum. Mit einer Kopfbewegung entließ der weißhaarige Mann P1 und P2. „Das ist also der Mann."

„Ja, das ist der Mann", antwortete K3.

„Setzen Sie sich", sagte der Mann, der A1 hieß, und wies mit einer Geste, die keinen Widerspruch duldete, auf den Stuhl, der neben Mike stand. Mike setzte sich. Der Mann setzte sich Mike gegenüber an den Tisch und schlug die Beine übereinander. Mike musterte sein Gegenüber. Da waren nicht nur die Haare. Die waren sicher mit Hilfe eines Friseurs aufs Sorgfältigste gepflegt und mit einer Nuance eines Blautons versehen worden. Auch die Fingernägel waren makellos. Aber erst die Kleidung! A1 trug sie mit einer solchen Lässigkeit und Selbstverständlichkeit, als käme etwas anderes für ihn gar nicht in Frage. Er trug eine taubenblaue Krawatte, die mit der Tönung seines Haares korrespondierte, eine Krawatte, die sorgfältig zu einem symmetrischen Knoten gebunden war. Wie oft sah man Politiker mit einem schiefen Krawattenknoten, bei denen über dem Knoten noch der oberste Knopf des Oberhemdes zu sehen war. Nein – hier bildeten Krawatte und Hemdkragen eine Einheit, keine Wülste im Hemdkragen. Der graue Anzug musste eine Maßanfertigung sein – keine Knitterspuren, perfekter Sitz – und auch die Schuhe, die Mike sehen konnte, waren nicht von der Stange. Sündhaft teuer sah das alles aus.

„Dieser Mann besitzt unseren Code, behauptet aber, es handle sich um die Kennziffer einer Unternehmensanleihe, die er kaufen will", sagte A1. Mike wurde aus seinen Betrachtungen gerissen. „Dann schauen wir doch einmal nach." A1 zog ein Smartphone aus seiner Anzugtasche und betätigte das Gerät. „A30V83, das ist die Unternehmensanleihe der RWE AG, ausgestattet mit einem Kupon von 3,625 % und einer Laufzeit bis 02/2029. In der Tat – das stimmt also. Die Koinzidenz mit unserem Code klären wir dann intern. Da werde ich mit den Verantwortlichen sprechen." A1 blickte finster.

Mike versuchte, sich ein Bild von A1 zu machen. Der war sachlich, zielorientiert und durchsetzungsstark. Das Einzige, was das Erscheinungsbild von einem spanischen Granden oder einem Dirigenten störte, war seine Stimme. Mike hätte eine Stimme erwartet, die elegische Kantilenen vortragen konnte, oder einen des Anzugs würdigen Belcanto, nein, diese Stimme erklang im Staccato, fast militärisch wie bei einem Mann, der es gewohnt war, Befehle zu geben. Das andere, welches das Gesamtbild ein wenig störte, war die Farbe der Lippen. Gut – die hatten nicht mehr die Farben eines jungen Mannes, aber sie hatten einen Stich ins Lilafarbene.

„Gehen Gefahren im engeren Sinne von dem Mann aus?", wollte A1 wissen.

„Nein", antwortete K3, „habe alles gecheckt und bin alle Bücher durchgegangen. Keine verdächtigen Kontobewegungen, kein Anhalt dafür, dass er mit der Gegenseite oder Konkurrenten in Verbindung steht."

„Ist er verschuldet oder überschuldet?"

„Nein, nicht verschuldet."

„Finanzielle Anhängigkeiten?", fragte A1.

„Nein, er bekommt eine Altersrente und eine Betriebsrente. Dazu hat er noch eine Abfindung vom Arbeitgeber bekommen."

„Was tut er mit dem Geld?"

„Die Altersrente gibt er aus, die Abfindung und die Betriebsrente spart er."

Mike sah, wie A1 eine Augenbraue hochzog.

„Er zahlt Kirchensteuer und spendet", fuhr K3 fort.

„Soso, er spendet und spart", meinte A1 und strich sich durch das Haar. Er machte eine kurze Pause, Dann straffte er sich, als wolle er aufstehen. „Also wie immer: Evaluieren, und dann sehen wir weiter."

Was war das für eine widerwärtige, menschenverachtende Arroganz! Mike fühlte Wut in sich aufsteigen. Er konnte sie nicht bezwingen. „Moment mal", sagte er. „Wer hat das denn alles verbockt? Wie kann man eine simple Ziffern-Zahlenkombination, die zudem nur aus sechs Zeichen besteht, zu einen Geheimcode machen? Wie stümperhaft, wie dilettantisch! Kein Wunder, dass dieser Code dann identisch ist mit der deutschen Wertpapierkennnummer einer popeligen Standardanleihe. Stellen Sie sich vor, ich hätte mir die internationale Kennnummer, die ISIN, notiert. Die besteht aus zwei Buchstaben, gefolgt von zehn Ziffern. Keinem Menschen ihrer Organisation wäre etwas aufgefallen!"

Mike sah, dass sein Gegenüber eine abwehrende Handbewegung machte, doch er fuhr fort und kam ins Brüllen. „Ich bin noch nicht fertig. Da wird schlampig gearbeitet – und was passiert danach? Da wird ein unbescholtener Bürger mal eben von der Straße weg gekidnappt, er wird zusammengeschlagen und in Isolationshaft verbracht. Also: Körperverletzung und Freiheitsberaubung fürs Erste. ‚Evaluieren und dann sehen wir weiter', was heißt das? Ich weiß es nicht, aber ich weiß, dass hier nach Gutdünken und selbstherrlich mit mir verfahren wird. Und was kommt dann noch? Betonieren Sie mich ein und setzen Sie mich in einer Mole bei? Oder sind Sie ganz human, indem Sie mir mit irgendwelchen Drogen die Birne wegpusten und mir dann als Tierpfleger irgendwo in den Abruzzen das Gnadenbrot geben?"

„Shut up." A1 machte erneut eine abwehrende Handbewegung. „Das Gespräch ist beendet." Dann fing er an, sich zu erheben. Doch die Aufwärtsbewegung vollzog sich auf einmal langsamer und er brachte ein „oh" heraus. Sofort war K3 an seiner Seite und bot A1 seinen Arm an. Doch der schob den Arm beiseite. „Geht schon." Die Tür fiel krachend zu und Mike hörte, wie sich ein Schlüssel im Schloss drehte. Er blieb sitzen. Klug war es sicherlich nicht gewesen, was er von sich gegeben, besser gesagt, herausgebrüllt hatte, aber er hatte seine Wut nicht mehr in den Griff bekommen können. Und dazu kam: Er hatte ja recht.

Ein dumpfes Geräusch drang durch die Tür. Ein Knall, ein Fall, wer weiß. Mike stand auf und legte sein Ohr an die Tür. So viel hatte er schon mitbekommen: Es handelte sich um eine schallisolierte Tür. Aber vielleicht konnte er etwas mehr erlauschen. Er hörte ganz fern Menschenstimmen und Wortfetzen. „Der Doc, der Doc." Dann Türenschlagen und undefinierbare Geräusche. Und dann wieder Stimmen von weit her: „Nicht hier unten lassen, bringt ihn hoch."
Mike setzte sich wieder an den Tisch. Da musste etwas passiert sein und es hatte sich ganz sicher um A1 gehandelt. War der vor der Tür kollabiert? Hatte er vielleicht einen Herzanfall erlitten? Mike überlegte: War der Lilaton seiner Lippen, als er am Ende des Gesprächs aufgestanden war, intensiver gewesen als zuvor? Vielleicht. Waren die Maßnahmen des Docs erfolgreich gewesen, hatte man einen Notarztwagen geholt oder war es für A1 letal gewesen? „Bringt ihn hoch", hatte es geheißen. Klar, mit diesen Räumen durfte A1 nicht in Verbindung gebracht werden. Aber das bedeutete für ihn auch ganz klar: Dass er hier zufällig entdeckt würde, das konnte er sich abschminken.

Mike trank einen Schluck von dem Altbier, welches er sich aus dem Kühlschrank im Badezimmer geholt hatte. Der Kühlschrank war immer gut gefüllt mit Altbier und etlichen Flaschen Wein. Auch Mineralwasser war vorhanden. Früher hatten auch Kölsch und Pils darin gelegen, aber K3 hatte diese Biersorten auf Mikes Wunsch hin ausgetauscht. Mike trank noch einen Schluck. Dann stellte er die Flasche beiseite. Völlig überzeugend, dieser Gedanke: Die stellten ihren Gästen ausreichend Alkohol zur Verfügung. Im Zweifelsfall war es besser, wenn jemand in seiner Verzweiflung seinen Kummer in ein paar Flaschen versenkte, als wenn er zu randalieren begann und mit umfangreicheren Maßnahmen ruhiggestellt werden musste. Mike leerte die Flasche und betrachtete das Etikett: 0,33 l, 4,8 % Alkohol. Das war nicht viel. Er wollte darauf achten, nicht zu viel zu trinken. Er brauchte einen klaren Kopf. Vielleicht ergäbe sich ja doch eine Gelegenheit … Andererseits hatte ihm das soeben Erlebte ganz klar vor Augen geführt, wie seine Lage wirklich war. Mike stand auf und stellte die leere Flasche ab. Es war unwahrscheinlich, dass noch ein Abendessen gebracht wurde – K3 wurde sicher woanders gebraucht. Mike öffnete ein zweites Fläschchen Alt. Er brauchte etwas gegen den schalen Geschmack in seinem Mund. Er setzte die Flasche an und trank sie in einem Zug leer. Dann legte er sich auf sein Bett und starrte gegen die Decke. Wenig später zog er sich die Bettdecke über, drehte sich auf die Seite und versuchte einzuschlafen.

Mike schreckte auf. Irgendwelche Geräusche drangen an sein Ohr. Die Tür ging und eilige Schritte näherten sich. „Da liegt das Dreckschwein." Mike spürte, wie er hochgerissen wurde. Ein paar klatschende Schläge mit einer offenen Hand in das Gesicht. Dann wurde er wieder auf das Bett gedrückt. Ein Schlag in die Magengrube.
„Au", Mike konnte sich nicht aufbäumen, weil die Bettdecke, unter der er lag, stramm festgehalten wurde wie eine Zwangsjacke. Ein weiterer Schlag, wieder in die Magengrube, dann ein weiterer etwas tiefer. Mike stöhnte auf. Ihm war schlecht vor Schmerzen …

An einem Tisch, sitzend, aber doch nach vorn geneigt und den Kopf gegen die Tischplatte geneigt – Mike nahm das undeutlich wahr. Er spürte, dass seine beiden Hände auf dem Tisch lagen und von jemandem so festgehalten wurden wie von einem Schraubstock.

„Durch dein freches Verhalten hast du dafür gesorgt, dass A1 am Herzen operiert werden muss", hörte er eine Stimme, die wohl P1 gehörte.

„Stent", sagte P2 mit seiner gutturalen Stimme.

„Ist doch egal, Herz-OP ist Herz-OP", zischte P1. „Aber dafür wird er büßen."

„Oh." Mike ließ seine Stirn auf die Tischplatte fallen. Schmerzen in der Spitze eines Mittelfingers peinigten ihn. „Oh, verdammt."

„Das ist erst der Anfang, Freundchen. Ich habe ein Streichholz unter deinen Fingernagel geschoben, aber nur ganz knapp. Aber jetzt nehme ich mir ein Messer und benutzte es wie einen kleinen Hammer. Damit treibe ich dann dieses Streichholz unter deinen Fingernagel – bis zum Nagelbett. Das mache ich erst bei einem Finger. Und dann darfst du raten. Wie viele Finger hast du? Ich schätze mal: Zehn. Also mache ich das zehn Mal. Und dann spiele ich auf allen zehn Streichhölzern Klavier. Und ich garantiere dir, dass du dazu singen wirst. Aber dann bin ich noch nicht fertig …"

Mike wollte etwas tun, diese Dinge abwehren, aber er war fixiert.

„Und zum Schluss", P1 legte seinen Mund an Mikes Ohr, „du wirst es nicht glauben, schneiden wir dir alles ab, was du hast. Nur deine Zunge lassen wir dir, damit du noch um den Gnadenstoß betteln kannst."

Alles drehte sich um Mike. Er konnte keinen klaren Gedanken mehr fassen.

„Was macht ihr da?", hörte er noch. Die Stimme klang schrill. „Hört sofort damit auf! Legt ihn aufs Bett, schnell! Und dann holt ihr den Doc."

Mike fühlte noch, wie er von vielen Händen angefasst und irgendwo weich abgelegt wurde. Dann verlor er das Bewusstsein.

Mike schlug die Augen auf. Er hatte irgendwelche Geräusche gehört, die wohl mit einem Schlüssel in Einklang zu bringen waren. Mattscheibe – das war es wohl, wie man seinen Zustand benennen konnte. Er hörte, wie sich die Tür öffnete, und versuchte, sich aufzurichten, doch es gelang ihm nicht. Brust, Bauch – buchstäblich alles tat ihm weh. Aus den Augenwinkeln sah er, wie K3 im Raum stand. Daneben war ein kleinerer Mann zu sehen. Er trug eine randlose Brille, ein weißes Polo-Shirt und weiße Jeans. „Das ist der Doc", sagte K3 und schob einen Servierwagen in den Raum, auf dem einige Geräte standen, daneben einige Plastikflaschen.
Der Mann in den weißen Anziehsachen kam auf Mike zu und drückte ihm die Hand. „Ich bin der Doc. Wollte noch einmal nach Ihnen schauen. Gestern Abend war es ja so ein bisschen … sagen wir mal, akut – da hatte ich bei Ihnen noch einen Ultraschall gemacht und ein Schmerzmittel gespritzt. Jetzt will ich noch einmal nach dem Rechten sehen, das heißt, noch einen Ultraschall."
„Jaja", sagte Mike, „ich nehme mal an, Decke weg, Hemd hoch und Hose runter."
„Sie haben es erraten", meinte der Doc und nahm eine Plastikflasche vom Servierwagen. „Gleich werde ich sagen: Es wird ein wenig kalt."
„Und wenig später werden Sie sagen: ‚Keine freie Flüssigkeit im Abdomen.' Das gehört an sich zu jeder Arztserie." Mike grinste verhalten.
„Sie haben es erraten." Der Doc gab Gel auf Mikes Bauchwand, untersuchte mit einer Ultraschallsonde, während er einen

Monitor auf dem Servierwagen betrachtete. „Wie erwartet, keine freie Flüssigkeit. Aber da sind noch andere Befunde."

„Sie meinen Nierenzysten und Prostatavergrößerung – ach, hören Sie auf. Wäre gestern Abend nicht jemand eingeschritten, dann brauchten Sie das ganze Gedöns gar nicht mehr zu machen. Wer war das übrigens?"

Der Doc und K3 sahen sich an, „Ich bin ausschließlich für den Service zuständig", sagte schließlich K3.

„Na gut", meinte dann der Doc. „Manchmal rede ich zu viel. Es war A2, zufällig im Haus. Aber nun einmal zu Ihnen zurück: Die nächsten Tage haben Sie Bettruhe. Nehmen Sie ein bisschen Ibuprofen, das bringt Ihnen K3, und wenn es zu arg mit den Schmerzen ist, kann ich Ihnen etwas spritzen. Sagen Sie also Bescheid."

„Ja, natürlich", murmelte Mike. „Aber auch wenn es unhöflich wirkt, ich würde gerne noch ein wenig schlafen."

VI

Mike hatte sich wieder hingelegt. Es hatte einige Tage gebraucht, bis er sich wieder so einigermaßen bewegen konnte. Klar, der Bauch schmerzte immer noch und selbst das Anziehen seiner Clogs war beschwerlich. Aber er konnte wieder am Tisch seine Mahlzeiten einnehmen. Was hieß „Mahlzeiten"? Es stand eher das Sitzen am Tisch im Vordergrund, zu dem er eine Tasse Kaffee schlürfte oder eine Scheibe Toast knabberte. Den Hunger hatten ihm die beiden Schläger gründlich ausgetrieben. Was war mit K3? Der war zuletzt deutlich distanziert aufgetreten, so als gäbe er Mike die Schuld am Herzanfall seines Prinzipals. Mike tat die ganze Geschichte wirklich leid, aber er getraute sich nicht, nach A1 zu fragen. Mike schüttelte den Kopf. Was war das für ein groteskes Kopfkino. Er, Mike war gerade noch einmal davongekommen und machte sich Gedanken über die Befindlichkeiten seines Wärters und die Erkrankung fremder Menschen!

Wieder ging ein Schlüssel im Schloss. K3 betrat den Raum. „So, den Kaffee haben Sie ausgetrunken und auch Ihre Medikamente eingenommen. Dann kann ich die Tasse und den Eierbecher ja abtischen. Ich nehme mal an, dass Sie das Mittagessen wohl eher ausfallen lassen wollen."
„Sie haben es erraten", antwortete Mike, „war auch nicht so schwer zu erraten."
„Wenigstens einen Toast?", fragte K3. „Wir haben auch noch einen Rest Gulaschsuppe, kleine Tasse."
„Kleine Tasse", gab Mike zurück. K3 hatte wohl wieder zur Normalform zurückgefunden und er wollte ihn nicht kränken. Aber dann kam es aus Mike heraus: „Wissen Sie, mir geht das so auf den Zwirn. Immer dieses Warten, Warten und Warten,

dass irgendetwas mal passiert. Und dann wieder diese Ungewissheit: Wenn etwas passiert, was passiert dann? Lasse ich einen Furz, werden dann wieder gleich die Bluthunde auf mich gehetzt?"

„So vulgär habe ich Sie aber noch nicht erlebt", sagte K3.

„Ich versuche nur, mich dem Niveau von P1 und P2 anzupassen."

„Mit den beiden werden Sie nichts mehr zu tun haben", sagte jetzt K3.

„Was ist mit denen?", wollte Mike wissen.

„Auslandseinsatz", sagte K3 knapp. „Im Übrigen, ich überschreite meine Befugnisse. Aber noch ein kleines Wort zum ‚Warten'. Sie scheinen eine Menge Ahnung von Wirtschaft zu haben. Wissen Sie, was ein CEO ist?"

„Sicher, das ist der Chief Executive Officer, bei uns der Vorstandsvorsitzende."

„Dann wissen Sie auch, was ein CFO ist."

„Klar", antwortete Mike, „das ist der Finanzvorstand."

„Bei uns sind diese beiden Entscheidungsträger ausgefallen, gottseidank nur für eine kurze Zeit. Beide befinden sich auf dem Weg der Besserung. A2 hat alles übernommen. Aber das ist sowohl für A2 eine Mammutaufgabe als auch für alle anderen Beteiligten. Und dann muss natürlich gewichtet werden: Erst kommen die übergreifenden strukturellen Zusammenhänge und Entscheidungen und erst dann die Einzelprobleme. Ich bitte um Verständnis. Wir arbeiten mit Hochdruck, aber im Augenblick müssen Sie warten, so leid es mir auch tut."

Wieder einmal drehte sich ein Schlüssel im Schloss. Es war schon merkwürdig. Einerseits erinnerte dieses Geräusch Mike jedes Mal an seine Gefangenschaft, andererseits bedeutete es auch, dass da ein Mensch hereinkam, mit dem man das eine oder andere Wort wechseln konnte, aber auch nur, wenn man Glück hatte und nicht die falschen Personen kamen.

„Hat es geschmeckt?" K3 sortierte Suppentasse, Besteck und den Brotkorb auf das Tablett.

„Ist noch ein wenig mühsam", sagte Mike.

„Das wird schon wieder. Der Doc hat ja gesagt, dass nichts gebrochen ist." K3 nahm das Tablett mit beiden Händen auf. „Ich denke, nächste Woche können Sie schon wieder richtig essen."

„Wäre zu hoffen", meinte Mike. „Wenn nur die beiden Schläger nicht mehr kommen."

„Ich sagte doch, dass sie mehr kommen werden."

„Wer sagt mir, dass sie keine Vertreter haben?"

„Sie haben keine." K3 setzte das Tablett wieder auf dem Tisch ab. „Ich habe mir Folgendes überlegt …"

„Nur zu", sagte Mike.

„Sie sagen mir einfach, was Sie gerne essen würden, und ich kümmere mich darum. Sozusagen ein Wunschmenü."

„Oder eine Henkersmahlzeit." Mike schaute skeptisch.

„Nein, ich wollte einfach nur etwas Nettes sagen, und da fiel mir das Essen ein."

Mike dachte kurz nach. „Wenn ich es so richtig überlege, dann fällt mir eigentlich nur eines ein: Involtini vom Kalb mit Gemüsen der Saison und Kartoffelgratin."

„Sie beziehen sich wahrscheinlich auf die Speisekarte von ‚La Tavola'?"

„Genau. Ich dachte, wenn ich schon mal bei der Mafia zu Gast bin, wäre italienisches Essen angebracht."

„Wir sind nicht die Mafia, wir sind ein international aufgestelltes Handelshaus", gab K3 zurück. „Aber Ihre Wahl ist gut. Ich werde sehen, was sich machen lässt."

„Die kochen wirklich gut", sagte Mike. „Ich war einmal dort, aber da war ich eingeladen. Auf eigene Rechnung dorthin gehen? Sie verstehen – das Preisgefüge ..."

„Das Preisgefüge. Was für eine schöne Formulierung." K3 lächelte. Dann nahm er das Tablett wieder auf und verließ den Raum.

Mal wieder ging die Tür. Wer oder was konnte das wohl sein? Aber es war allemal besser, als auf dem Bett zu liegen und an die Zimmerdecke und auf ein vergittertes Fenster zu starren. Mike verließ seine Horizontalposition und setzt sich auf.

Der Doc kam herein, indem er einen Servierwagen vor sich herschob. „Da ist der Doc. Wollte mal nach Ihnen sehen."

„Das ist nett", antwortete Mike. „Und eine willkommene Abwechslung in meinem Zellendasein. Nur die Ursache für Ihr Tätigwerden ist weniger nett."

Der Doc sagte nichts darauf. Er befühlte Mikes Unterkiefer. „Nach wie vor: Da ist nichts gebrochen. Das wird wieder, und zwar recht schnell. Und was ist mit Ihrem Finger?" Der Doc tastete an der Spitze eines Mittelfingers. „Distal, das heißt an der Spitze, nur ein Hämatom. Das wird sich innerhalb einer Woche zurückbilden. Hätten die das Streichholz weiter unter den Nagel hereingetrieben, dann Prost Mahlzeit."

„Zehn Finger wollten die machen."

„Das Streichholzspiel, wie es heißt, hat man noch im Vietnam-Krieg eingesetzt. Brutal", der Doc schüttelte den Kopf. „Wirklich brutal."

„Aber Sie sind auch in diesem Laden tätig", bemerkte Mike.

Der Doc sah Mike an. „Wissen Sie, nicht ganz freiwillig. Aber das ist eine andere Sache. Ich kann hier viel bewirken, das heißt natürlich nicht, dass ich alles beeinflussen kann. Aber ich kann positive Akzente setzen, indem ich das eine oder andere verhindere. Und es war gut, dass ich im Hause war, als A1 seinen Herzanfall hatte und es war auch gut, dass ich im Hause war, als Sie von diesen Schlägern überfallen wurden. Na ja, Ihr Blutdruck war schon ziemlich im Keller."

Der Doc schwieg eine Weile. Dann fuhr er fort: „Zurück zum Tagesgeschäft. Sie sehen ja, dass ich einen Servierwagen mitgebracht habe, auf dem einige Sachen stehen." Er wies auf den Servierwagen.

„Darauf habe ich gar nicht geachtet, ich war wohl noch mit meinen Blessuren beschäftigt. Aber wenn ich diesen Wagen betrachte, sehe ich andere Geräte darauf als beim letzten Mal."

„Richtig." Der Doc nickte. „Da steht ein EKG-Gerät, und daneben liegen Sachen zum Blutabnehmen."

„Wozu?", wollte Mike wissen.

„Können Sie sich erinnern, dass im Gespräch mit A1 das Wort ‚evaluieren' gefallen ist oder ‚Evaluation'?"

„Kann ich, aber die Situation war nicht so, dass ich nachfragen konnte."

„Ich will es erklären, aber dazu muss ich wenig ausholen. Von Ihnen geht nach den Erkenntnissen Ihrer, sagen wir mal Gastgeber, keine Gefahr im engeren Sinne aus. Das gründet sich auf Indizien wie Kontoauszüge, Aufzeichnungen und so weiter. Aber da kann es einem schon einmal passieren, dass man etwas übersieht. Deswegen wird der Proband noch einmal persönlich exploriert, nachdem er ein bestimmtes Medikament gespritzt bekommen hat."

„Ach, Wahrheitsserum." Mike winkte ab. „Kommt in jedem zweiten Spionagefilm vor. Ich kannte es bisher nur aus Filmen."

„Gibt es ganz real. Bei jedem Geheimdienst liegt das Zeug literweise herum und die Produkte tun sich eigentlich alle nichts. So weit compris?"

Mike nickte.

„Das ist schön. Und bei Ihnen mache ich noch ein EKG, weil das Medikament, das Wahrheitsserum, wie Sie es nennen, bei bestimmten Reizleitungsstörungen des Herzens nicht gegeben werden darf. Da gibt es aber Alternativen. Und das Blut wird auf Elektrolyte hin untersucht, also Kalium und Natrium und so weiter, weil bestimmte Störungen in diesem Bereich eine andere Dosierung verlangen. Das mache ich, weil Sie blutdrucksenkende Mittel einnehmen, die auf die Elektrolyte gehen können."

„Sehr fürsorglich", bemerkte Mike. „Auf eine Einverständniserklärung können wir im Zuge des Bürokratieabbaus sicher verzichten."

„Sehr richtig." Der Doc nickte. „Ich danke Ihnen für Ihr Verständnis. Aber nun machen Sie einmal den Oberkörper frei und legen sich aufs Bett. Ich würde gern mit dem EKG beginnen."

Mike zog sein T-Shirt über den Kopf und machte einige Schritte Richtung Bett. „Die Indizien sagen also, dass von mir keine Gefahr im engeren Sinne ausgeht, und nun werden Sie beweisen, dass mein Kopf gleichfalls keine Gefahr im engeren Sinne darstellt. Das verstehe ich gut und bin natürlich dabei. Wann soll es denn losgehen?"

„Sobald A2 Zeit hat", sagte der Doc und machte sich daran, EKG-Elektroden an Mikes Brustwand zu befestigen.

Mike saß am Tisch und beschäftigte sich mit dem vergitterten Fenster, das sich unter der Decke seines Gefängniszimmers befand und wahrscheinlich zu einem Lichtschacht führte. Mit diesem Fenster verhielt es sich wie mit der Tür: Da war irgendein Schallschutz mit eingebaut. Mit der Wahrnehmung von Geräuschen war da nicht viel zu machen: Aber es gab winzige Erschütterungen, die in den Raum hineingetragen wurden. Die waren mal kleiner und mal größer. Es könnte sein, dass sich draußen, da, wo der Lichtschacht endete, eine Ampel oder eine Haltestelle befand. Mike konzentrierte sich noch mehr. Da war wieder solch eine stärkere Vibration. Mike fiel ein Laster ein, der Altpapier geladen haben könnte. Er musste dabei an ein bestimmtes Unternehmen denken. Vor diesen Lastern hatte er allergrößten Respekt. Die Laster fuhren in der Regel zu schnell. Gewicht und Geschwindigkeit produzierten einen überlangen Bremsweg.

Doch jetzt Schluss mit den Vibrationen! Er musste aufpassen, dass er seine Nerven nicht überreizte. Es war schwierig, den Geist am Laufen zu halten und ihn zu trainieren, andererseits aber mit den Haftbedingungen klarzukommen: Kein Sonnenlicht, keine äußeren Zeitgeber, keine Lektüre, sei es eine Zeitung, sei es ein Buch. Na ja, er hatte es wenigstens geschafft, die Stoppuhr seines Ergometers als Uhr zu nutzen, immerhin. Abgesehen von den Haftbedingungen: Was machten die mit ihm? Den letzten Winkel seines Hirns erforschen. Das war eine widerliche Arroganz der Macht, war Totalitarismus pur! Natürlich hatte er recht mit seiner Beurteilung. Er hatte recht, aber „recht" kleingeschrieben. Er hatte hier nicht „Recht" großgeschrieben. Da gab es keinen Richter, der ihn freiließ – er konnte nur hoffen und Überlebensstrategien entwickeln.

Vielleicht noch einmal nach einem Buch fragen? Versuchen konnte er es. Ein Buch fiel ihm ein, besser eine ganze Trilogie. Da ging es um einen mittelalterlichen Privatdetektiv, der zusammen mit seiner Gefährtin Kriminalfälle löste. Die Bücher waren alle ganz nett geschrieben und auch die Dialoge waren in Ordnung. Das Besondere aber war, wie die beiden Protagonisten miteinander umgingen: So zärtlich, so vertraut, so tolerant und voll gegenseitigem Respekt. Das war bei ihm und Gabi in der Hochphase ihres Ehekriegs ganz anders gewesen. Sicher, die Ursache für diesen Krieg beruhte auf einer onkologischen Erkrankung. Aber hängengeblieben war bei ihm die Bitterkeit.

Überlebensstrategien entwickeln. Voce humana suchen. Den Doc um ein zweites EKG bitten, ihn in ein Gespräch verwickeln, dasselbe, wann immer möglich, bei K3 versuchen. Mike rieb sich die Stirn. Was war denn da in seinem Kopf los? Immer schneller drehten sich seine Gedanken.

Ein Schlüssel im Schloss! Dieses Geräusch riss Mike aus seinen Gedanken. K3 kam herein. „Ihr Abendessen, Herr Möbius! Es kommt heute ein wenig früher, aber bei einer Frikadelle im Brötchen wird ja nichts kalt. Ich habe Ihnen noch ein Portionspäckchen mit Senf und eines mit Ketchup dazugelegt, weil ich Ihre Geschmacksrichtung nicht kenne."
„Beides ist gut", sagte Mike. „Und vielen Dank."
„Gern geschehen."
„Haben Sie einen freien Abend?", fragte Mike.
„Ja." K3 nickte.
„Viel Vergnügen."
„Danke", sagte K3 und wandte sich zur Tür.
„Ich möchte Ihnen nicht die Zeit stehlen, schon gar nicht, wenn Sie Ihren freien Abend haben. Aber ich bin kurz davor, durchzudrehen", sagte jetzt Mike. „Ich tue, was ich kann, um fit zu bleiben. Mit äußerster Disziplin zwinge ich mich aufs Ergometer. Ich mache, was man von mir verlangt, denken Sie nur an das Evaluieren. Das Ergebnis übrigens: Fehlanzeige, keine Informationen. Ich zwinge mich, nicht zu klagen. Aber ich sehe die Sonne nicht und habe kein Tageslicht. Ich habe kein Radio, keinen Fernseher, keine Zeitung oder ein Buch. Noch nicht einmal die Bibel gibt es ihn diesem Raum. Ich bin in einer Art Isolationshaft. Alles in allem: Ich finde es unerträglich und

halte es nicht mehr lange aus. Bei Organisationen wie der Ihren gibt es ein Wort, sei es geschrieben, sei es ungeschrieben. Das ist die Ehre."

K3 machte eine kleine Verbeugung. „Ich werde es weitergeben."

VII

Mike hatte – etwas überraschend für ihn – recht gut geschlafen. Er stand auf und streckte sich. Dann duschte er und rasierte sich. Eiserne Disziplin, auch wenn sie manchmal zerbröselte. Wie man mit Situationen umging, hing aber auch von der Tagesform ab, und da hatte es gutgetan, dass er das, was ihn belastete, gegenüber K3 herausgelassen hatte.

Es klopfte kurz, dann war wieder die Bewegung eines Schlüssels im Schloss zu hören. Mike konnte beobachten, wie der Doc sein Zimmer betrat, einen Servierwagen vor sich herschiebend. „Da kommt der Doc und nicht das Frühstück", hörte er. „Zeit für ein kleines, schnuckeliges EKG."
„Da bin ich gerne dabei." Mike versuchte, den Ton des Doc aufzugreifen. „Also Hemd hoch und aufs Bett."
„Genau", der Doc nickte, „aber heute legen Sie sich die Elektroden selbst an." Er nahm eine Elektrode, entfernte das Plastik und drückte sie Mike in die Hand. Dann zeigte er auf eine Stelle auf der Brustwand. „Dorthin. Und jetzt machen Sie weiter."

Als alle Elektroden geklebt waren, betätigte der Doc das EKG-Gerät, welches auf dem Servierwagen verblieben war, und nahm den Papierstreifen in die Hand, der an einer Seite herauskam. „Sieht gut aus, alles in Ordnung."

„War auch nicht anders zu erwarten", meinte Mike. „Wäre ich bei der Evaluation abgenippelt, wären Sie nicht hier."
„Stimmt", sagte der Doc. „Das war jetzt eben ein therapeutisches EKG."

„Ich hatte schon überlegt, ob ich nicht um ein EKG bitten sollte", sagte Mike nach einer Pause. „Ich war ziemlich verzweifelt."

„Zwei Doofe, ein Gedanke", antwortete der Doc. „Ich kann zur Not auch ohne Medizinstudium sehen, wenn jemand auf dem Zaun hängt."

„Danke."

„Dann wollen wir mal die Elektroden entfernen." Der Doc machte sich daran, die Elektroden von der Brustwand abzuziehen. „Ist übrigens Sondermüll, Elektroschrott." Er verstaute die benutzten Elektroden in einem Beutel. „Übrigens, ihre Evaluation verlief für Sie positiv."

„Was ist herausgekommen? Ich war zwar dabei, aber letztlich doch nicht dabei."

„Herausgekommen ist, dass Sie ein friedliebender Mensch sind. Sie lügen nur im alleräußersten Notfall, Sie können nicht betrügen und sind zu Gewalttaten nicht fähig, mit meinen Worten: Sie sind ein feiner Kerl." Der Doc schlug Mike auf die Schulter. „Aber das wussten wir beide schon vorher."

„Das sind Sie auch", sagte Mike.

„So, ich muss weiter." Der Doc griff nach seinem Wagen und schob ihn Richtung Tür. „Wenn Sie Herzschmerzen haben, verlangen Sie nach mir."

„Danke vielmals", wollte Mike noch rufen, aber der Doc war schon weg.

Schon wieder ging die Tür mit den Mike bekannten Begleitgeräuschen. Diesmal schob K3 einen Servierwagen in Mikes Zimmer. „Hier kommt das Frühstück."

„Heute Morgen ist ja full house."

„Wie bitte?"

„Ich meinte, die Hütte ist voll, ständig kommt jemand rein. Erst war der Doc hier, dann kommen Sie. Mal sehen, wann A2 kommt."

„So bald wie möglich", sagte K3 und fing an einzudecken. „Das Übliche, ein Brötchen, etwas Marmelade, hier die Butter ..."

Mike hörte zu. Es war immer dasselbe, was K3 sagte, aber immer verlässlich und ausrechenbar.

„Zu dem Ei muss ich eine Bemerkung machen: Es handelt sich um ein S-Ei. Ich habe es aber fälschlicherweise für ein M-Ei gehalten und es womöglich zu lange gekocht."

„Fatal", sagte Mike und lächelte dazu. „Fatal und unverzeihlich."

„Dann ist es ja gut. Wie fanden Sie übrigens die Frikadelle gestern Abend?"

„Wie sind Sie auf Frikadelle im Brötchen gekommen?"

„Ganz einfach. Wir wissen doch, dass Sie Akkordeon in einem Karnevalsorchester spielen. Da ist es doch immer so: Man probt zusammen, dann trinkt man ein paar Gläschen Alt oder Kölsch und verzehrt zu den Bierchen eine Frikadelle im Brötchen oder ein Solei."

„Ich finde es nett, dass Sie an mich gedacht haben", sprach Mike ganz leicht daher, obwohl er auch wieder daran erinnert wurde, dass die ja alles, buchstäblich alles, über ihn wussten.

„Sie wollten wissen, wie ich die Frikadelle fand? – Nun, sehr schmackhaft, aber etwas anders als sonst. Woraus bestanden denn die kleinen weißen Bröckchen?"

„Körniger Hüttenkäse", sagte K3. „Es geht immer darum, dass man die Frikadelle fluffig macht, dass man sie nicht zerbeißen muss, sondern sozusagen mit der Zunge am Gaumen zerdrücken kann."

„Ich habe verstanden", bemerkte Mike. „Nicht jeder kennt den Begriff ‚fluffig'."

„Man nimmt normalerweise gehackte Zwiebeln und Senf, um die gewünschte Konsistenz zu erreichen, gegebenenfalls gibt man ein paar Schinkenwürfel hinzu. Welche Variante bevorzugen Sie?"

Mike wiegte seinen Kopf. „Wissen Sie, ich bin ein alter Mann, sozusagen Traditionalist. Ich bin eher für die klassische Version."

„Geht mir auch so", meinte K3. „Ich werde die Informationen weiterreichen."

Mike stutzte. Etwas fehlte. „Sagen Sie, K3, wo ist denn der Eierbecher mit meinen Tabletten?"

„Habe ich glatt vergessen." K3 nahm einen Eierbecher vom Wagen und stellte ihn auf den Frühstückstisch. „Tut mir leid."

„Keine Ursache." Mike machte einen langen Hals. „Und was liegt da noch auf dem Wagen?"

„Ach so, ja." K3 nahm etwas vom Servierwagen und legte es auf den Tisch.

„Ein Buch?"

„Eine Bibel."

„Immerhin eine Geste", bemerkte Mike.

„Sind Sie ein religiöser Mensch?", fragte K3.

„Ich würde mich nicht als religiös bezeichnen und ich sehe die Bibel auch nicht als Erbauungsliteratur an. Aber eine Bibel steht für den christlichen Glauben und für unsere abendländische Kultur. Ich weiß auch, dass es selbst in Organisationen, die zu schrecklichen Taten fähig sind, gläubige Christen gibt, die die Heilige Messe besuchen."

„Das sind sehr tiefsinnige Gedanken und nicht mal eben dahergesprochen", sagte K3.

„Normalerweise spiele ich auch lieber Akkordeon im Karnevalsverein", antwortete Mike. „Wir sprachen ja gerade darüber."

„Dieses Thema finde ich wesentlich schöner", antwortete K3, sichtlich erleichtert. „Dann wünsche ich ein angenehmes Frühstück."

VIII

Die Frühstückssachen waren abgeräumt und Mike war wieder sich selbst überlassen – wie immer. Mike war am Tisch sitzengeblieben. Nun, viele Alternativen hatte er ja nicht. Einige Schritte in seiner Zelle hin- und herlaufen? Kein Verlangen. Wenigstens ein paar Pedalumdrehungen auf dem Ergometer fahren? Dafür müsste er sich umziehen, vielleicht später. Merkwürdig, vor dem Frühstück war er doch noch ganz vital gewesen. Aber er merkte, wie das alles an ihm nagte und ihn aushöhlte.

Es klopfte an der Tür, dann drehte sich der Schlüssel. Mike stand vom Tisch auf und rief „Herein". Eigentlich völliger Quatsch, er hatte ja gar keinen Einfluss darauf, wer hier ein- und ausging. Eine Frau betrat den Raum, gefolgt von K3. „Ist er das?", fragte die Frau und K3 bejahte. Die Frau ging auf Mike zu und gab ihm die Hand. „Herr Möbius, ich bin A2."
„Möbius, Mike Möbius." Mike ergriff die ausgestreckte Hand. „Aber das wissen Sie ja. Ich bin nur ein bisschen erstaunt …"
„Dass A2 eine Frau ist?", unterbrach A2. „Geht mir immer so. Wollen wir uns nicht setzen?" Die Frau wies auf die Stühle am Tisch.
„Gerne." Mike setzte sich.
„Brauchen Sie mich noch?", ließ sich K3 vernehmen.
„Nein", gab die Frau zurück und setzte sich an den Tisch. „Wenn wir hier fertig sind, melde ich mich wie üblich."
„Ist gut." K3 ging zur Tür.

„Haben Sie keine Angst, überfallen zu werden?", fragte Mike.
„Haben Sie die Absicht?", kam es zurück.
„Nein."

„Dann ist es ja gut.". Die Frau lehnte sich auf dem Stuhl zurück und schlug die Beine übereinander.

Mike betrachtete sein Gegenüber. Die Frau konnte man auf den ersten Blick nicht unbedingt als hübsch bezeichnen, doch sie hatte ein ausdrucksstarkes Gesicht mit lebhaften dunklen Augen. Sie trug schulterlanges schwarzes Haar, welches gescheitelt war. Sie war relativ einfach gekleidet – Jeans, eine Bluse und darüber ein Jackett. Nur die Schuhe passten nicht ganz zur übrigen Kleidung. Die sahen aus wie ein leichter Wanderschuh.

„Ich bin hier, um mit Ihnen zu sprechen", sagte A2. „Leider war es mir nicht eher möglich. Ich bitte um Verständnis."

„Verständnis bei den Bedingungen, unter denen ich zu leben habe? Ich befinde mich in Einzelhaft, von allem und jedem abgeschnitten, da ist es mit dem Verständnis so eine Sache."

„Die Sache mit unserem Code und Ihrer Unternehmensanleihe geht auf unsere Kappe, da bitte ich um Entschuldigung. Und Ihre Unterbringung ist absolut inakzeptabel."

„Sie verstehen mich also?"

„Natürlich verstehe ich Sie", sagte A2. „Ich weiß, was Einzelhaft heißt. Der Mann, den ich heiraten wollte, ist in Einzelhaft ums Leben gekommen."

„Das tut mir leid."

„Liegt schon lange zurück, und das Leben muss weitergehen."

„Wie geht es Ihrem Vater?", fragte Mike. „Es hat mir leidgetan, dass er gerade vor meiner Zelle seinen Herzanfall bekam."

„Ist nicht mein Vater, aber wir werden oft in verwandtschaftlicher Beziehung gesehen. Es ist nur so, wenn man eigentlich Stents bräuchte, sie aber nicht haben will …" A2 hob eine Hand, „dann kann man als Außenstehender nichts machen."

Es war merkwürdig. Diese Frau hatte wohl die Gabe, einem schon im Vorfeld den Wind aus den Segeln nehmen zu können, wenn es um Kritik oder Beschwerden ging. Lag das an ihrer sanften und angenehmen Altstimme? Mike wurde aus dieser Frau nicht schlau. Wie alt mochte sie sein? Die Haare waren dunkel und auch am Scheitel sah man keine Anzeichen dafür, dass sie getönt oder gefärbt waren. Vielleicht Ende 40, Anfang 50, schätzte Mike.

„Der Ist-Stand ist, ganz nüchtern betrachtet, der folgende", fuhr A2 fort und beugte sich etwas vor. „Sie sind gekidnappt worden und in diesen Raum verbracht worden. Sie sind gefoltert worden, anders kann man es nicht nennen, und zwar so, dass Sie ärztliche Behandlung benötigten. Da kommen viele Straftaten zusammen. Aber das wissen Sie ja selbst."

„Das weiß ich", sagte Mike. Eigentlich sah sie ja ganz sympathisch aus, aber wollte diese Frau ihn einlullen?

„Jetzt kommt die andere Seite", fuhr die Frau fort. „Wir müssen natürlich darauf achten, dass unserer Organisation kein Schaden entsteht. Das heißt, so zynisch es auch klingen mag, wir müssen prüfen, ob von Ihnen eine Gefahr für uns ausgeht. Das haben wir wie folgt gestaltet: Wir haben geprüft, ob von Ihnen Gefahr im engeren Sinne ausgeht. Wir haben also geprüft, ob jemand anderes als Sie Kenntnis von unserem Geheimcode bekommen hat. Das war nicht der Fall, soweit wir Indizien wie Schriftsätze, Kontobewegungen und dergleichen beigezogen haben. Ein zweiter Schritt war dann, Sie unter dem Einfluss eines Wahrheitsserums zu befragen. Das hat gleichfalls keine Gefährdung ergeben."

„Dann müssten Sie mich doch eigentlich laufen lassen können?", fragte Mike.

„So einfach ist das nicht", hörte er dann. „Sie stellen weiterhin eine Gefahr im weiteren Sinne dar. Allein durch Ihr Hiersein, nur durch Ihre Anwesenheit, sind Sie eine Gefahr für die Organisation. Wenn wir Sie laufen ließen und Sie fingen an zu plaudern, dann würde das bedeuten, dass eine Menge Leute, die zum Beispiel Undercover für uns arbeiten, ihr Leben verlieren."

„Ich möchte meine Freiheit zurück, verstehen Sie das?", sagte Mike.

„Und ich arbeite daran, verstehen Sie das?", kam es zurück. „Ich versuche, einen Weg zu finden, der allen Beteiligten gerecht wird. Daher eine Bitte: Geben Sie mir noch etwas Zeit. Ich bin sicher, dass wir einen Weg finden werden."

„Da bin ich skeptisch", sagte Mike.

K3 betrat den Raum. Er ging auf A2 zu und flüsterte ihr etwas ins Ohr. „Ja, ich komme sofort", sagte diese, und zu Mike gewandt: „Ein Vorfall, der keinen Aufschub duldet. Ich bitte um Entschuldigung. Wir setzen unser Gespräch so bald wie möglich fort."

„Natürlich", sagte Mike und stand auf. „Dann werde ich mal warten."

Mike saß wieder an seinem Tisch und dachte über das soeben beendete Gespräch nach. Was hatte diese Frau, A2 genannt, denn eigentlich konkret gesagt? Hatte sie vorsichtigen Optimismus verströmt oder war es die Methode Gummiwand gewesen nach dem Motto: „Wir tun alles, aber stellen Sie bitte keine Fragen." Mike konnte es nicht sagen. Vielleicht lag es auch an seinem Zustand, da war man eben zu präzisen Analysen nicht mehr fähig. Mike kam ein psychologisches Experiment in den Sinn: „Stellen Sie sich vor, da gibt es ein Bahngleis, welches von einem Hügel herunterkommt. An einer Stelle, an der eine Weiche liegt, teilt sich das Gleis. Weiter unten steht auf dem linken Gleis eine Einzelperson, in diesem Fall ein alter Mann. Auf dem anderen, dem rechten Gleis, steht eine Menschengruppe, in diesem Fall eine Schulklasse. Sie stehen an der Weiche. Jetzt kommt ein vollgeladener Güterwagen den Berg heruntergerollt, den Sie nicht aufhalten können. Sie können die Weiche nur in Richtung der linken oder der rechten Fortsetzung stellen. Wie würden Sie sich verhalten?"

Es war doch klar: 99 Prozent der befragten „Weichensteller" würden den Güterwagen Richtung Einzelperson laufen lassen. Und das würde diese Frau auch tun, wenn sie die Wahl hätte zwischen ihm, Mike Möbius, und einer Menschengruppe, in der sich Mitarbeiter befänden, möglicherweise auch gute Freunde und Anverwandte. Das war wie ein Naturgesetz, da musste er realistisch sein. Mike stand auf und zog sich seine Fahrradklamotten an. Er musste jetzt aufs Ergometer. Volle Lotte bis zum Kotzen oder bis zum Kollaps.

Die Muskeln schmerzten. Am Oberschenkel drohten sie dichtzumachen und beide Achillessehnen machten sich bemerkbar. Mike schraubte die Wattzahl hoch. 120 Watt, das war mehr, als er je getreten hatte. Der Puls stieg auf 150. Egal, noch eine Minute. Mike blickte aufs Display. Noch 30 Sekunden, noch 20, noch 10. Der Puls hämmerte in den Ohren – Mike musste abbrechen. Es ging wirklich nicht mehr. Mike blieb so lange auf dem Gerät sitzen, bis er wieder richtig atmen konnte. Dann zog er seine Sachen aus und warf sie auf den Boden. Er konnte sie später aufhängen. Dann setzte er sich, so wie er war, aufs Bett, stand dann aber noch einmal auf, um ein Handtuch zu holen. Das legte er unter sich aufs Bett. Das war er K3 schuldig. „Er stinkt wie ein Iltis", hieß es. Nun, im Augenblick roch es in seiner Zelle sicherlich auch nicht anders. Mike wartete, bis er abgedampft hatte, stand dann auf und holte aus dem Kühlschrank im Bad ein Fläschchen Altbier. Es wog leicht in seiner Hand. 0,33 l stand darauf. Mike setzte die Flasche an und nach kurzer Zeit stellte er die leere Flasche wieder ab. „Ah." Es zischte förmlich in seinem Rachen. Kurz unter die Dusche, frische Sachen angezogen und die durchnässten Sportklamotten auf die Heizkörper sortiert – Mike sah noch einmal in den Kühlschrank. Ein zweites Röhrchen mit Alt, warum nicht? Käme er jemals hier raus, er würde noch ganz viele Röhrchen zum Vergessen brauchen.

Mike hatte sich aufs Bett gesetzt und nur noch die Nachttischlampe angelassen. So war es angenehmer und er konnte seinen Gedanken nachhängen. Er nahm die Weinflasche in die Hand und betrachtete das Etikett: Pino Grigio stand darauf. Mike besah das Etikett weiter: 13,5 % Alkohol, sprich 13,5 Umdrehungen, nicht schlecht. Mike wog die Flasche in der Hand und besah sie erneut. Halb voll, halb leer – eine uralte Frage. Er trank noch einen Schluck von dem Wein. Die ersten Becher hatten überhaupt nicht geschmeckt – viel zu süß, das Zeug –, aber jetzt ging es so langsam. Wenn er ehrlich war, war seine Grundausbildung bei der Bundeswehr auch nicht groß anders gewesen als das, was er hier erleben musste. Sicher, die Kasernen hatten Fenster gehabt und man war mehr an der frischen Luft gewesen. Das allerdings überreichlich. Am Anfang hatte man das Kasernengelände überhaupt nicht verlassen dürfen. Einmal hatte ein Kamerad versucht zu türmen. Er war natürlich nicht weit gekommen. Aber dann kam eine Ansprache vom Kompaniechef an die anderen.

Mike goss noch einmal nach. Er musste noch einmal mit K3 sprechen. Vielleicht hatte der auch noch trockene Weine in seinem Vorrat.

Eines Morgens war wieder einmal der Signalton ertönt. Um den zu erzeugen, bewegte man einen Schlegel in einer stählernen Kartusche. „Kompanie in den U-Raum."
Dann saßen alle Rekruten im U-Raum und der Kompaniechef, ein Hauptmann, kam herein. „Wir haben hier Sprinter, wir

haben Zehnkämpfer, wir haben Gewichtheber. Wenn einer von Ihnen meint, er könne die Kaserne einfach über den Zaun verlassen, dann irrt er sich. Wir kriegen ihn. Und im Übrigen: Wer Fahnenflucht begeht, der begeht eine Straftat. Dafür gibt es hier 21 Tage, danach erfolgt die unehrenhafte Entlassung und der Betreffende gilt als vorbestraft. Kompanie wegtreten."

Kein Wein mehr drin? Mike schüttelte die Flasche. In der Tat, die Flasche war leer. Die Flaschen wurden auch immer kleiner. Kopfschüttelnd stand Mike auf, musste sich aber wieder aufs Bett setzen. Wohl zu lange auf dem Ergo gesessen. Beim zweiten Versuch klappte es aber doch. Noch ein kurzer Gang zum Kühlschrank, dann zurück zum Bett. Im Licht der Nachttischlampe betrachtete Mike das Etikett: Pinot Grigio. Was war das eben gewesen? Auch Pinot Grigio? Nachsehen? Keine Lust. Also geheime Kommandosache: „Die Flasche aufdrehen und sich einschenken." So. „Auftrag ausgeführt." Neuer Auftrag: „Trinken." Mike trank einen Schluck. Ergo-Fahren macht durstig. Noch einen Schluck.

„Im Gleichschritt marsch! Links zwei drei vier, links zwei drei vier." Die Kompanie setzte sich in Marsch. „Rührt euch, ein Lied!" Die Kompanie stimmte an:
„Die blauen Dragoner, die reiten
Mit klingendem Spiel durch das Tor.
Fanfaren sie begleiten
Hell zu den Hügeln empor."
„Links schwenkt, marsch." Die Kompanie bog um eine Ecke. Dabei mussten diejenigen, die der Ecke am nächsten waren, auf der Stelle treten.

Mike trank noch einen Schluck. „Links zwei drei vier, links zwei drei vier", sang er dann. Ob er die blauen Dragoner noch zusammenbekäme? Er konnte es ja einmal versuchen. „Die blauen Dragoner, die reiten, mit klingendem Spiel durch das Tor." Siehst du, geht doch. Mike stellte den Becher auf dem Nachttisch ab, nachdem er ihn geleert hatte. Nichts verschütten oder verschenken. „Links zwei drei vier", sang er dann. Dann waren die blauen Dragoner dran. Die musste man laut singen. „Die blauen Dragoner, die reiten, mit klingendem Spiel durch das Tor", brüllte er aus voller Kehle. Dann fiel er rückwärts auf sein Bett.

Irgendwie war es unruhig in seinem Zimmer. Das kannte Mike so nicht. Er schlug die Augen auf und sah, wie K3 Sachen auf seinem Tisch sortierte. „Gut geschlafen?", hörte er.
Mike reckte seine Arme. „Eigentlich schon. Aber ich habe einen ziemlichen Brummschädel. Wie spät ist es denn?"
„Das darf ich Ihnen nicht sagen", antwortete K3, „aber es ist schon recht spät. Nun kommen Sie schon hoch."
„Man frühstückt nicht im Schlafanzug", sagte Mike.
„Sie sind mit Ihren Anziehsachen ins Bett gegangen", meinte K3. „Haben Sie vielleicht noch Restalkohol?"
Mike sah an sich herunter. „Sie haben recht."
„War wohl ein feuchter Abend", sagte K3 trocken.
„Ich kann mich nicht so gut daran erinnern", gab Mike zurück. „Vielleicht helfen Sie mir?"
„Ich war nicht dabei, insofern kann ich Ihnen keine Details verraten, aber fest steht, dass Sie am Ende des Abends Lieder gesungen haben."
„Lieder, soso. Ich kann mich kaum erinnern."
„Macht nichts. Da waren Gesänge dabei, die mit dem Marschieren zu tun hatten. Und später kamen die blauen Dragoner."

„Stimmt", gab Mike zu, „die blauen Dragoner. Die werden mich an meine Bundeswehrzeit erinnert haben. Das war genauso ein Scheiß wie das hier."

„Wie auch immer." K3 stellte eine Tasse, einen Eierbecher und ein Glas auf den Tisch. „Eine Tasse mit Kaffee, extrastark und schwarz wie die Nacht. Das wird Sie wieder auf die Beine bringen. In dem Glas ist eine Brausetablette mit Aspirin. Und in dem Eierbecher sind Ihre Tabletten. Die sollten Sie nicht vergessen."

„Ist in Ordnung", sagte Mike. „Ich habe es gestern ein wenig zu sehr krachen lassen. Wenn ich mich recht erinnere, habe ich mir so richtig die Kante gegeben."

„Das ist doch menschlich", gab K3 zurück, „und wenn man bedenkt, unter welchen Bedingungen Sie hier untergebracht sind, auch völlig verständlich."

„Danke."

„Ich hätte allerdings eine Bitte", sagte K3 und machte ein ernstes Gesicht.

„Ja, was denn bitte?"

K3 suchte nach Worten. „Gestern Abend haben Sie wohl den Klotopf nicht getroffen, sozusagen das Ziel verfehlt. Da würde ich Sie bitten, das selbst wegzumachen."

„Oh, wie peinlich." Mike hob die Hände. „Sagen Sie, haben Sie einen Eimer und einen Aufnehmer?"

„Steht schon vor der Tür. Aber erst trinken Sie den Kaffee und nehmen das Aspirin und Ihre Tabletten."

„Mach ich", versprach Mike. „Stellen Sie sich mal vor, A2 käme wieder und fände das hier so vor ..."

„A2 ist die Seele von diesem Laden", sagte jetzt K3 etwas versonnen. „Ich kenne hier keinen, dem sie nicht schon geholfen hätte." Dann schlug er sich vor den Mund. „Was sage ich da? Ich bin doch ausschließlich für den Service da."

IX

„Also, ich fasse noch einmal zusammen", sagte A2 und rührte in ihrer Kaffeetasse. „Sie wollen hier raus und wir wollen Sie loswerden. Allerdings dürfen wir dabei unsere Organisation nicht gefährden."

„Ich weiß", sagte Mike lahm und trank einen Schluck Kaffee.

„Und da suchen Sie nach einem praktikablen Weg. Aber Sie haben noch keinen konkreten Plan."

„Einige Denkmodelle", sagte A2, „aber wir arbeiten daran. Und es ist mir klar: Nach dem, was Sie durchgemacht haben, besteht für Sie kein Anlass, mir zu glauben."

„Ich will mir Mühe geben, Ihnen zu glauben", antwortete Mike. Ganz diskret konnte er den Geruch eines Parfüms wahrnehmen. Der Geruch kam ihm bekannt vor, aber er konnte ihn nicht benennen.

„Darf ich Sie etwas Persönliches fragen?", sagte A2. „Ich könnte mir aber vorstellen, dass Ihnen im Augenblick nicht danach ist."

Es war schon eine merkwürdige Situation. Vor wenigen Minuten war A2 an der Seite von K3 hereingekommen, hatte ihn, Mike, per Handschlag begrüßt und dann bei K3 zwei Tassen mit Kaffee bestellt. Dann hatte sie mit ihrer sanften, angenehmen Altstimme existenzielle Sachverhalte erörtert. Und jetzt fragte sie ihn, ob sie ihm eine Frage stellen dürfe.

„Nur zu", sagte Mike. „vielleicht bringt mich Ihre Frage aus meinem Grübelkreislauf heraus."

„Ich komme auf die leidige Anleihe zu sprechen, die Ihnen das Ganze hier eingebrockt hat …"

„Die A30V83", unterbrach Mike. „Anleihe der RWE AG, Kupon von 3,625 % und einer Laufzeit bis 02/2029."

„Die meine ich." A2 trank einen Schluck Kaffee. „Ich wollte auf den Kupon zu sprechen kommen. 3,625 %. Sagen Sie mal, reicht Ihnen das eigentlich?"

„Das ist doch eine gute Rendite", meinte Mike. „Ich wollte natürlich nicht zu einem Kurs von 102 % oder so kaufen. Ich wollte um 100 % kaufen, also habe ich mich auf die Lauer gelegt."

„Reicht Ihnen diese Rendite?", wiederholte A2. „Ich kenne Unternehmen, die mit ganz anderen Renditen arbeiten. Zudem sprechen wir ja im Augenblick über die Bruttorendite."

„Sicher", sagte Mike, „da gehen noch Transaktionskosten, Verwahrgebühren und natürlich noch die Kapitalertragsteuer runter. Wenn ich überschlägig ermittle, liegt die Nettorendite bei vielleicht 2,7 %."

„Aber das reicht Ihnen?"

„Natürlich, für eine Anleihe ist das doch gut."

A2 trank einen weiteren Schluck Kaffee. „Als ich zum ersten Mal von Ihnen hörte, hieß es: ‚Er spendet und spart.'"

„Ist das so ungewöhnlich?", fragte Mike.

„Das ist in der Tat ungewöhnlich. Ich kenne nicht viele Menschen, die so denken und handeln. Was ist mit dem Spenden?"

„Ach, das Übliche." Mike winkte ab. „Da ist der Karnevalsverein, da gibt es Brot für die Welt. Und da gibt es noch eine Stiftung, die kümmert sich darum, die Mädchen von der Straße zu holen und ihnen ein christliches Zuhause zu geben. Wenigstens versuchen sie es."

„Wie heißt diese Stiftung?", wollte A2 wissen.

Mike nannten einen Namen.

„Respekt." A2 nickte.

„Ja, mir liegt etwas daran", sagte Mike.

Die Tür öffnete sich. K3 trat ein, ging auf A2 zu und flüsterte ihr etwas ins Ohr.
„Hat das noch fünf Minuten Zeit?", fragte A2.
„Bedaure", K3 schüttelte den Kopf. „Die Angelegenheit duldet keinen Aufschub."
„Na gut." A2 erhob sich und reichte Mike die Hand. „Dann werden wir das Gespräch später fortsetzen."
Mike ergriff die Hand. „Meinen Sie nicht, dass Sie sich in meinem Fall die Quadratur des Kreises vorgenommen haben?"
„Nein", sagte A2, „durchaus nicht."
„Aber wenn es der Fall wäre, würden Sie es mir sagen?"
A2 sah Mike mit ihren dunklen Augen an. „Dazu besteht im Augenblick kein Anlass."

Mike saß am Tisch, aber das war ja nichts Neues für ihn. Seinen Schätzungen zufolge ging es langsam auf die Mittagszeit zu. Heute war nicht sein Tag. Wie lange war es her, dass A2 bei ihm gewesen war, war es gestern gewesen oder vorgestern? Er hatte versucht, ein wenig auf dem Ergometer zu fahren. Zunächst hatte er sich dazu zwingen müssen, überhaupt aufzusteigen und als er dann ein wenig getreten hatte, war sein Puls über Gebühr hochgegangen und er hatte angefangen, stark zu schwitzen. Also hatte er abgebrochen, geduscht und seine verschwitzten Klamotten auf die Heizkörper sortiert. Heute war wirklich nicht sein Tag. Manchmal hatte er vorzugsweise Gefühle der Resignation, mal waren es Gefühle leichter Hoffnung und mal solche von „Scheißegal". Heute war er eher mutlos. Wie lange war er schon hier?

Ach ja, die Tür. Mike hörte, wie schon unzählige Male zuvor, wie der Schlüssel im Schloss ging und sich die Tür öffnete. K3 kam herein, ein Tablett auf der Hand. „Sie haben Sport getrieben, es müffelt ein wenig. Da ist es wohl besser, wenn ich Ihnen beim Essen Gesellschaft leiste und in der Zeit ein wenig zum Flur lüfte."

Mike winkte ab. „Am liebsten wäre es mir, Sie nähmen das Tablett wieder mit. Heute ist mir überhaupt nicht nach Essen."

Das Gesicht von K3 verfärbte sich ins Rötliche und er stellte das Tablett hart auf dem Tisch ab. „Ich darf doch sehr bitten! Da läuft man sich die Hacken ab für ein Super-Luxus-Festessen und dann landet es in der Tonne."

„Entschuldigung", sagte Mike besänftigend. „Ich bitte vielmals um Entschuldigung. Ich wollte Sie wirklich nicht kränken."

„Tut mir auch leid", meinte K3. „Ich habe mich wohl ein wenig vergessen."

Mike wies auf das Tablett. „Sagen Sie, verbergen sich unter diesem Deckel wirklich …?"

„Die Involtini", ergänzte K3. Er hob den Deckel hoch. „Sehen Sie, hier die Involtini vom Kalb, da die Gemüse der Saison und dort das Kartoffelgratin."

„Wirklich eine schöne Geste", sagte Mike. „Und lecker sieht es auch aus."

„Warten Sie erst einmal darauf, wenn Sie alles aufgegessen haben." K3 sortierte Teller und Besteck auf den Tisch. „Aber vorher werde ich Ihnen die Füllung der Involtini erklären."

„Das war echt lecker." Mike wischte sich den Mund ab. „Vielen Dank für Ihre Mühe."

„Man tut, was man kann", kam es zurück.

„Ich versuche jetzt noch einmal, die Füllung nachzustellen", sagte Mike. „Also, da war Parmaschinken drin."

„Prosciutto di Parma", ergänzte K3.

„Und Senf aus Parma."

„Richtig, Casale di Parma." K3 nickte.

„Und zu guter Letzt noch Kapern von der Insel Salina. Wo liegt Salina eigentlich?"

„Nördlich von Sizilien. Das ist eine der Äolischen Inseln. Die Insel ist für ihre Kapern berühmt. Aber Sie müssen die eingesalzene Ware nehmen, nicht dieses Zeug aus irgendeiner Essiglake."

„Werde ich mir merken", sagte Mike. „Ich muss bekennen, dass ich schon gelegentlich Kapern aus dem Supermarkt gekauft habe. Wissen Sie, die eingesalzenen Kapern haben auch ihren Preis. Aber wenn ich, wie in diesem Fall, schon einmal eingeladen bin, nehme ich auch gern die anderen."

„Eine sehr vernünftige Sicht." K3 lächelte.

„Haben Sie denn auch von diesen Köstlichkeiten etwas abbekommen?", wollte Mike wissen. „Ich nehme mal an, dass diese Speise von ‚La Tavola' war."

„In der Tat von ‚La Tavola'", bekräftigte K3. „Und ich habe auch nichts abbekommen, sondern eine ganze Portion genüsslich verspeist."

K3 sortierte Teller, Deckel und Besteck auf sein Tablett. Bevor ich jetzt gehe, wende ich mich an Sie mit einer Frage, die mit Finanzen zu tun hat."

Mike sah K3 an. „Was genau wollen Sie wissen?"

„Nun, wie man sinnvoll sein Geld anlegen kann. Sie hatten doch mit Finanzen zu tun."

„Klar, ich war bei einer Versicherungsgesellschaft beschäftigt. Da hat man immer mit Geld zu tun. Aber ich habe auch Verträge für bestimmte Versicherungsleistungen verkauft. Ich hatte vornehmlich mit Tierversicherungen zu tun. Sie können Ihr Haustier ja für bestimmte Operationsleistungen oder überhaupt für tierärztliche Bemühungen versichern. Das lief eigentlich ganz gut. Nur irgendwann entschloss sich unsere Direktion, das Tierversicherungsgeschäft in die Sparte

‚Sachversicherungen' auszulagern. Da standen natürlich die Hunde- und Katzenbesitzer auf den Barrikaden. Ihr geliebtes Haustier war auf einmal eine Sache. Da brach das Neugeschäft fast völlig weg." Mike schmunzelte. Dann fiel ihm ein, dass K3 das ja nun nicht unbedingt hören wollte. „Vielleicht bin ich zu weit abgeschweift", meinte er.

„Hört sich aber nett an."

„Zu der Geldanlage zurück. Ich mache es so", erzählte Mike weiter. „Das, was ich an Geld überhabe, spare ich. Ich lege also pro Monat einen bestimmten Geldbetrag beiseite, und zwar nach einem bestimmten Schema. Ich hoffe natürlich, dass sich das angelegte Geld aus eigener Kraft vermehrt, aber ich vertraue dem nicht. Ich lege das Geld in erster Linie an, dass es, wenn möglich, keinen Wertverlust erleidet. Ich verteidige also mein Vermögen. Für den Vermögenszuwachs ist die Sparleistung zuständig."

„Ungewöhnlich, diese Sichtweise", sagte K3.

„Das gebe ich zu", antwortete Mike. Er dozierte weiter. Dann endete er und wandte sich zu K3. „Haben Sie Fragen?"

„Ich muss sagen, dass mir nach Ihren Ausführungen der Schädel ein klein wenig brummt."

„Ich habe Sie zugetextet", konstatierte Mike. „Manchmal komme ich nicht aus meiner Haut. Tut mir leid."

„Keine Ursache", meinte K3. „Bisweilen tut es gut, wenn man reden kann." Er machte eine kleine Pause. „Ohne Ihnen nahetreten zu wollen: Einen Anlagetipp hätte ich doch erwartet."

Mike grinste: „Den haben Sie doch schon längst bekommen in Form der RWE-Anleihe."

Ein feines Lächeln stahl sich in das Gesicht von K3. „Sie haben Humor. Sie sind ein angenehmer Gast, ein sehr angenehmer sogar. Wären Sie an meiner Stelle gewesen und ich an Ihrer, wer weiß, wie oft ich Ihnen an die Gurgel gegangen wäre."

„Letzteres glaube ich nicht, so wie Sie mich bewirtet und aufgerüstet haben."

„Man tut, was man kann." K3 ergriff das Tablett. „So, ich muss dann mal, die Pflicht ruft."

X

„Jetzt möchte ich aber noch wissen, warum Sie eigentlich sparen", sagte A2. Es waren einige Tage vergangen seit ihrem letzten Besuch bei Mike. „Wie ich hörte, legen Sie Ihre gesamte Zusatzrente weg."

„Auch die Abfindung anlässlich meiner Frühpensionierung habe ich weggelegt. Aber warum fragen Sie das?"

„Weil ich niemanden kenne, der das auch tut", sagte A2.

„Ich weiß es eigentlich gar nicht so genau", antwortete Mike. „Familiäre Verpflichtungen wie Frau und Kind habe ich nicht. Aber das werden Sie ja schon wissen. Ich habe zwei Patenkinder. Die eine will heiraten, da bekommt sie natürlich ein großzügiges Geschenk. Aber ich will auch nicht die Preise verderben. Die jungen Leute müssen auch lernen, mit ihrem Geld auszukommen. Wenn Sie mich fragen, warum ich eigentlich spare, kann ich nur sagen: Gewohnheit. Vielleicht ist es auch so, dass es mir Sicherheit bietet."

„Aber wollen Sie sich nicht einmal etwas gönnen?"

„Was soll ich mir gönnen? Sie meinen vielleicht eine Kreuzfahrt oder etwas Ähnliches. Nein, vielen Dank, nicht in einem schwimmenden Hochhaus eingepfercht sein mit tausenden von Menschen! Mir reicht das, was ich habe, wenn ich abends noch einen Bummel in der Rheinschleife mache. Hinterher noch ein Alt in einer Kneipe, dazu eine Frikadelle im Brötchen oder ein Solei. Sie glauben gar nicht, wie wertvoll frische Luft sein kann. Die ist gar nicht mit Geld zu bezahlen. Was die Rheinschleife betrifft, wäre es sicherlich auch schön, jemanden an die Hand zu nehmen und ihm die Schönheiten der Natur zu zeigen – oder auch von jemandem an die Hand genommen zu werden, aber das hat sich bisher nicht mehr ergeben. Nein –in finanziellen Dingen will ich das so halten, wie es mal war. Vielleicht spende ich noch mal etwas."

„Meinen Sie die Institution für Mädchen, von der Sie gesprochen haben?", wollte A2 wissen.

„Ja, genau die."

„Das finde ich gut."

„Jetzt habe ich auch einmal eine Frage", sagte Mike. „Aber da geht es um etwas ganz anderes."

„Dann will ich mal hören."

Mike fuhr fort. „Ich meine, Sie sind verständnisvoll und Sie kümmern sich, zumindest habe ich das Gefühl. Ich will Sie auch nicht anbaggern, das liegt mir fern. Aber ich würde Sie gerne mit einem Namen ansprechen."

A2 stutzte. „Das kommt für mich ein wenig überraschend. Aber warum nicht? Wie wollen Sie mich denn anreden?"

Mike überlegte kurz. „Ich würde Sie gerne mit ‚Beatrice' anreden.

„Beatrice, ein schöner Name. Haben Sie sich bei diesem Namen etwas gedacht?", fragte A2. „Zum Beispiel an eine Symbolik oder einen historischen Bezug?"

„Nein, überhaupt nicht. Ich finde den Namen nur so musikalisch."

„Dann gestatten Sie mir aber auch, für Sie einen Namen auszusuchen."

„Warum nicht?" Mike nickte. „Und der wäre?"

„Lassen Sie mich überlegen." Sie ließ sich etwas Zeit. Nach einer kleinen Weile: „Ja, das ist es. Ich werde Sie ‚Bonaventura' nennen."

„Bonaventura, das hört sich gut an. Haben Sie sich denn bei diesem Namen etwas gedacht?"

„Ja", lachte die Frau, die jetzt ‚Beatrice' heißen sollte, „das kann man wohl sagen. Aber ich sage es nicht. Das tue ich beim nächsten Mal."

„So leid es mir tut, ich muss weiter." Beatrice stand auf. Mike tat es ihr nach. Sie standen sich gegenüber. Da geschah es: Beatrice machte einen Schritt auf Mike zu und schmiegte sich an ihn. Dann zog sie mit ihren Händen Mikes Kopf zu sich herunter und gab ihm einen Kuss auf den Mund. Mike legte seine Arme um sie … und die Welt verging in einem tiefen langen Kuss …

Beatrice löste sich von Mike. „Ich glaube, ich sollte jetzt besser gehen." Ihre sanfte und angenehme Altstimme klang etwas rau. Mike hatte weiche Knie. Die Hände auf den Tisch gestützt, sah er, wie Beatrice auf die Tür zuging.

Die Tür schloss sich. Ein Hauch von Chanel lag in der Luft.

XI

Die Nacht war nicht gut gewesen. Er hatte schlecht geschlafen, begleitet von unruhigen Träumen. Was war da gestern eigentlich passiert? Stockholm-Syndrom? Da hatte sich eine Geisel in ihren Geiselnehmer verliebt, weil ihre Gefühle keinen anderen Ausweg gesehen hatten. Aber gestern? Es war so schön gewesen, ihren Körper zu spüren und ihre Lippen zu schmecken, so schön und einvernehmlich.

Mike war schon angezogen. Gleich würde K3 mit dem Frühstück kommen, natürlich nicht ohne den Eierbecher mit den Tabletten. Was hatte Beatrice gemeint, als sie sagte, sie hätte sich bei dem Vornamen ‚Bonaventura' etwas gedacht? Vor einigen Wochen wäre es leichter gewesen, etwas über diesen Namen herauszubekommen. Da hätte man einfach den Computer angeschaltet.

Ein Schlüssel drehte sich im Schloss. Gottseidank! Das Frühstück würde ihn ablenken. K3 die Frühstückssachen abzunehmen und auf den Tisch zu sortieren, wäre das eine, K3 eventuell in ein Gespräch zu verwickeln das andere. Mike stand auf. Durch die geöffnete Tür kam ein Servierwagen geschoben, gefolgt von dem Doc. „Da kommt mal wieder ein klitzekleines EKG, sozusagen das Frühstücks-EKG."
„Sie verwöhnen mich über die Maßen", bemerkte Mike. „Also Hemd hoch und aufs Bett?"
„Zu 100 Prozent richtig", sagte der Doc. „Sie werden das EKG im Liegen genießen."
„Da bin ich mir sicher." Mike legte sich aufs Bett.

Der Doc nahm den Papierstreifen in die Hand. „Das sieht gut aus. Hier finde ich eine überaus aparte supraventrikuläre Extrasystole."

„Was heißt das?", fragte Mike.

„Herzstolpern, völlig harmlos. Findet man viel bei Jugendlichen. Da kann man mal sehen, wie jung Sie eigentlich sind."

„Sie kommen aber nicht ohne Grund?", wollte Mike wissen.

„Durchaus." Der Doc sah Mike an. „Jetzt haben wir den Weg, an dem wir lange getüftelt haben."

„Darf ich mal fragen, um was es hier geht?" Mike richtete sich auf seinem Bett auf.

„Es ging darum, Sie wieder loszuwerden, ohne den Belangen der Organisation zu schaden. Und da haben wir einen Weg gefunden …"

„Doc, erzählen Sie, aber möglichst schnell."

„Nun gut, ich fange dann mal an. Die Idee war eigentlich schon recht früh geboren. Es ging darum, Ihr Erinnerungsvermögen für einen bestimmten Zeitrahmen auszulöschen, ohne andere Hirnfunktionen zu schädigen. Ich hatte davon gehört, dass es so was gibt. Natürlich musste ich mich erst einmal kundig machen, wie so etwas in der Praxis funktioniert – das gehört ja nicht zum Standardrepertoire eines Arztes. Also musste ich herumtelefonieren, auch mit Gesprächspartnern jenseits des großen Teichs. Und in der Tat gelang es mir, mit Leuten zu telefonieren, die mit solchen Dingen Erfahrung hatten. Ich konnte auch herausbekommen, welche Medikamente, Drugs, Pharmaka – nennen Sie es, wie Sie wollen – verwendet werden und wie man die Mischungsverhältnisse gestaltet."

„Schneller", drängte Mike.

„Nun, dann ging es darum, sich diese Dinge zu verschaffen. Da kann man nicht mal eben in die Apotheke gehen und so etwas kaufen. Das geht nur über internationale Beziehungen, und da hat mir die Tatsache sehr geholfen, dass hier eine international tätige Handelsgruppe am Start ist. Natürlich war uns klar, dass wir unsere Ideen erst dann umsetzen konnten, wenn wir über sämtliche Zutaten verfügen konnten. So etwas ist kompliziert. Da braucht ein Kurierfahrer nur einmal einen Unfall zu haben, und schon bricht das Kartenhaus in sich zusammen, kurz, das Projekt scheitert. Aber jetzt ist alles da. Wenn Sie wollen, können wir loslegen. Wenn Sie etwas Glück haben, können Sie heute Abend bei sich zu Hause sein."

„Wie stehen die Chancen, dass es funktioniert?", fragte Mike.

„Gut", sagte der Doc, „sogar sehr gut. Ich habe alle Berechnungen mehrfach überprüft und alle Inhalte für die Spritze persönlich aufgezogen."

„Für welchen Zeitraum wollen Sie meine Erinnerung auslöschen?", wollte Mike wissen.

„Für sechs Wochen", antwortete der Doc. „So lange waren Sie zwar nicht hier, doch ich wollte ein Sicherheitspolster für die Organisation einbauen."

„Klar", sagte Mike, „das verstehe ich. Aber jetzt fangen Sie doch bitte an. Risiko hin, Risiko her, ich möchte hier raus."

„Welchen Arm soll ich nehmen?", fragte der Doc und nahm sich einen Stauriemen.

„Suchen Sie sich einen aus."

„Dann wähle ich mal rechts, ist der kürzere Weg für mich."

Mike hielt die Augen geschlossen. Er fühlte, wie der Stauriemen angezogen wurde. „Jetzt kommt ein Nadelstich", hörte er. Der Stauriemen wurde gelöst. Dann lief etwas Warmes seinen Arm hinauf.

Es war wie im Nebel. Mike hörte Schritte und dann eine Frauenstimme: „Ein bisschen schade finde ich es schon, dass er uns verlässt – eigentlich sogar sehr schade."

XII

Mike erwachte. Er schlug die Augen auf. Irgendetwas war anders als sonst. Er hob den Kopf. Warum hatte er auf dem Sofa übernachtet? Er schlug die Wolldecke zurück, mit der er sich zugedeckt hatte, und versuchte, sich aufzusetzen. Es gelang, doch sein Körper fühlte sich schwerer an als sonst. Was war denn mit den Augen? Mit denen war auch etwas nicht in Ordnung. Doppelbilder: Sein Gehirn bekam die beiden Augen nur unzureichend übereinander. Ein Brummen im Schädel wie bei einem Kater, doch wie ein richtiger Kater fühlte es sich nicht an. Einmal hatte er einen Kater gehabt nach belgischem Bier. Das hatte, als er nachgefragt hatte, einen Alkoholgehalt von mehr als zehn Prozent gehabt und er hatte es wie normales Altbier getrunken. Und jetzt? Erst mal abwarten und dann, wenn er wieder klarer war, einen doppelten Espresso trinken. Vielleicht nahm er auch eine Aspirin-Tablette. Mike sah auf die Uhr. Die Doppelbilder störten. Wenn er ein Auge zukniff, konnte er die Uhr ablesen: Es war viertel vor sechs am Abend. Eigentlich war es nicht sein Ding, sich am Nachmittag hinzulegen. Das tat er nur in Ausnahmefällen, weil er dann nachts nicht gut schlafen konnte. Mike versuchte aufzustehen. Es gelang ihm nur mühsam. Es war, als gehorchten seine Beine den Befehlen, die er gab, nur unzureichend. Außerdem erschienen sie ihm wie mit Blei ausgegossen. Also: Wieder hinsetzen und fünf Minuten warten. Mike setzte sich wieder hin und sah auf die Uhr. Als fünf Minuten vergangen waren, machte er einen erneuten Versuch. Na also! Es ging schon besser.

Mike schlurfte in die Küche. Er suchte nach der Dose mit dem Espresso-Pulver. Doch die stand nicht an dem gewohnten Platz.

Dafür stand da eine schwarze Dose. Mike nahm sie in die Hand. Was stand da drauf? Mike kniff ein Auge zu. „Tonino Lamborghini", konnte er erkennen. Weiter unten konnte er „Espresso" entziffern. Was hatte er da gekauft? Mike schraubte den Deckel ab. Die Dose war unbenutzt. Er zog die Lasche des zweiten Deckels ab und roch an dem jetzt freiliegenden Kaffeepulver. Es roch intensiv, aber sehr aromatisch.

Mike füllte den Kaffee in sein Espressogerät, gab Wasser hinzu und die stellte die Herdplatte an. Er liebte diese altertümlichen Espressogeräte aus Aluminium, welche man zusammenschrauben musste, die aber nur noch schwer zu bekommen waren. Mike setzte sich an den Küchentisch. Als er das vertraute blubbernd-zischende Geräusch vernahm, stand er vorsichtig auf und schenkte sich in eine Espressotasse ein. Das Aufstehen fiel ihm jetzt leichter. Er trank den Espresso in kleinen Schlucken. Da fiel es ihm ein. Diesen Espresso, diesen „Lamborghini", hatte er schon einmal in dem kleinen Delikatessenladen ganz in der Nähe gesehen. Der Kaffee tat gut. Die Doppelbilder nahmen ab. Mike stand auf. Er inspizierte die Arbeitsplatte der Küche. Neben dem Kühlschrank lagen einige Dinge, die da nicht hingehörten. Mike sah einige Dosen und einige Konservengläser. Er nahm eine Dose in die Hand. „Getrüffelte Gänseleberpastete", wahrscheinlich sündhaft teuer. Was lag daneben? Mike sah nach. „Kaviar, exklusiv aus ausgesuchten Hydrokulturen". Und was war das? „Ragout fin", las er, natürlich von Lacroix. Die Preise wollte er gar nicht wissen. So ging es weiter. Mike schüttelte den Kopf. Alles Konserven vom Feinsten. Da hatte er wohl mit besoffenem Kopf den Feinkostladen halb leer gekauft!

Ein Zettel lag neben den Konserven. Mike nahm ihn und las ihn am Küchentisch. Das war kein Zettel, das war eine Rechnung. Da hatte er wohl „La Tavola" besucht. Mike sah auf das Datum und verglich es mit dem Datum auf seiner Uhr. Das

Rechnungsdatum lag erst einige Tage zurück. Mike studierte die Rechnung. Involtini mit Gemüsen der Saison und Kartoffelgratin, das war eine gute Wahl, das konnte er noch nachvollziehen. Da hatte er sich in seinem Wahn mal etwas gönnen müssen, aber warum war die Rechnung auf zwei Portionen, sprich zwei Personen, ausgestellt? Hatte er sich womöglich auf eine amouröse Eskapade eingelassen? Mike blickte noch einmal auf die Rechnung. Da war doch noch etwas auf der Rückseite! Mike sah sich das genauer an. Da stand, mit seiner eigenen Handschrift geschrieben, Folgendes: „Prosciutto di Parma (Parmaschinken), Casale di Parma (Senf aus Parma) und Kapern aus Salina." Mike überlegte. Da hatte er sich wohl bei „La Tavola" vom Koch die Zutaten für die Füllung der Kalbsrouladen geben lassen.

Mike sah in den Kühlschrank. Der war gut gefüllt. Endlich mal etwas Normales. Wurst, Käse, im Gemüsefach ein paar Tomaten, etwas Obst. Doch was war das? Mike nahm ein Glas in die Hand. „Casale di Parma". Und was lag daneben? Parmaschinken, eingeschweißt in eine Folie. Mike nahm das Päckchen in die Hand, sah den Kilopreis und schüttelte den Kopf: Vornehm geht die Welt zugrunde. Da hatte er sich Zutaten aus dem allerobersten Preissegment gekauft, um das Rezept selbst auszuprobieren. Ein weiterer Blick in den Kühlschrank: Im Flaschenfach der Kühlschranktür standen zwei Flaschen Pommery – noch vornehmer ging es nicht. Demnächst buchte er wohl eine Kreuzfahrt in die Karibik. Mike setzte sich an den Tisch. Kompletter Wahnsinn! Ein Filmriss wie im Buch – und das bei einem Mann, der eigentlich voll im Leben stand.

Mike verspürte Hunger, kein Wunder angesichts der ganzen Lebensmittel, die er gerade in Augenschein genommen hatte.

Mike überlegte. Eigentlich wäre es eine gute Idee, mal kurz in seiner Kneipe vorbeizuschauen auf ein bis zwei Altbierchen und dazu einen Happen zu essen. Eine Frikadelle im Brötchen oder zwei Soleier boten sich da an. Aber dann nahm Mike von seinem Vorhaben Abstand. Wer weiß, was er da in alkoholisiertem Zustand alles von sich gegeben hatte. Vielleicht hatte er sich auch danebenbenommen. Besser mit der Kneipe ein paar Tage warten, bis Gras über die Sache gewachsen war. Aber ein bisschen frische Luft täte gut, auch wenn die Muskeln noch nicht in Ordnung waren. Vielleicht einen kleinen Gang zum Naturschutzgebiet am Rheinschleife unternehmen? Es musste ja nicht die große Runde sein. Einfach bis zu den Libanonzedern gehen und dann zurück, das wäre besser als gar nichts.

Mike rührte in seinem Espresso. Er hatte gut geschlafen und war erfrischt aufgewacht. Er blickte auf die Uhr: Es war noch früh, sechs Uhr. Er hatte nach seinem kleinen Spaziergang am gestrigen Abend noch einen Döner in einem Schnellimbiss zu sich genommen, doch zu Hause angekommen, war er sofort in sein Bett gegangen. Der Espresso schmeckte wirklich gut. Mike nahm die Blechdose in die Hand. „Tonino Lamborghini", las er laut vor. Er schraubte den Deckel ab und roch am Kaffeepulver: Wirklich gut, exzellent. Aber solche Kindereien sollten sich besser nicht wiederholen. Was hatte ihn da nur geritten? Mike trank die Tasse leer und stand auf. Auf seinem Schreibtisch hatte er zwei gelbe Mappen gesehen, die gut gefüllt schienen. Das sah nach einer Menge Arbeit aus.

Mike setzte sich an den Schreibtisch und nahm die beiden Mappen in die Hand. Auf der einen, die deutlich schwerer war, stand „Giro, Div." Auf der zweiten Mappe stand „Depot". Also erst die Hauptarbeit, dann einen Espresso und zur Erholung die zweite Mappe. Mike begann mit der Arbeit.

Obenauf lag ein Steuerbescheid. Das Finanzamt hatte ihm 457,86 Euro erstattet. Das war korrekt. Mike hatte mit dieser Summe gerechnet. Mike stand auf, heftete den Bescheid ab und machte weiter. Jetzt waren die Kontoauszüge des Girokontos an der Reihe. Mike überschlug die Zahlen. Da konnte etwas nicht stimmen, da war ja eine Unzahl von Gutbuchungen eingegangen. Mal waren es 5.000 Euro, mal 12.000 und einmal sogar 25.000 Euro. Mike sah sich diese Einzelposten genauer an: Die Überweisungen kamen immer von Firmen, deren Namen er noch nie gehört hatte. Etwas ratlos saß er da, dann fiel sein Blick auf ein weiteres Blatt. Da waren alle diese Gutbuchungen aufgelistet. Mike las sich das Blatt durch. Das war doch abenteuerlich! Da hatte er in den letzten Tagen bei verschiedensten Buchmachern Sportwetten abgeschlossen und wirklich gutes Geld verdient. Noch einmal, was hatte ihn da geritten? Hatte er unter Drogen gestanden?

Doch was stand da im Einzelnen? Nun gut, das konnte man noch verstehen, da ging es um Fußball. Fortuna Düsseldorf hatte ein Heimspiel gegen TuS Hattingen mit 3:4 verloren. Die Quote lag bei 35 für 10, das heißt, für 10 eingesetzte Euro gab es 35 Euro. In seinem Fall waren es etwa 3.000 Euro.

Im Snooker hatte Ronnie O'Sullivan gegen Rod Lawler gespielt. Auf der einen Seite diese dämonische und geniale Persönlichkeit, die den Snookersport geprägt hatte, auf der anderen Seite ein Spieler, der stets so bedächtig, bieder und sorgfältig spielte, dass man für eine solche Spielweise das Verb „lawlern" kreiert hatte. Aber Lawler hatte O'Sullivan bezwungen, Quote 43 für 10.

Mike las weiter. Da ging es um ein Windhundrennen. Das hatte ein Außenseiter gewonnen, Quote 74 für 10, Gewinn für ihn 7.500 Euro. Und was gab es noch? Weltmeisterschaften im Dart, eine Schacholympiade und dann noch Basketball in den USA und Eishockey in Kanada.

Dann mal etwas, was er kannte: Jannik Sinner, der in der Tennisweltrangliste ganz weit oben stand, hatte gegen einen Nobody verloren, Quote 31 für 10. Aber dann kamen wieder andere Sportarten, von denen er noch nie etwas gehört hatte, alle fein säuberlich mit seiner eigenen Handschrift vermerkt.

Mike griff sich einen Rechner und prüfte den Saldo der Liste nach. Dann prüfte er noch einmal die Posten inhaltlich. Es stimmte wirklich! Durch diese ganzen Sportwetten hatte er die wirklich gigantische Summe von 125.000 Euro eingenommen. Und er hatte mit System gewettet: Er war erst dann eine neue Wette eingegangen, wenn er mit einer älteren Wette einen Gewinn gemacht hatte. Er hatte sozusagen erarbeitete Gewinne wieder neu angelegt. Mike rauchte der Kopf. Das kam einerseits von der Arbeit mit den Kolonnen von Zahlen, die es zu verarbeiten galt, das kam andererseits von der Frage, was er da eigentlich gemacht hatte. Mike schüttelte wieder den Kopf. Völlig Banane, diese Situation. Zum x-ten Mal: Was hatte ihn da geritten? Wie hoch hinaus hatte er gewollt? Aber gottlob – es war ja gutgegangen.

Noch einen Espresso und dann weitermachen? Nein, das würde ihn nur rappelig machen. Wer weiß, was ihn in der zweiten Mappe erwartete. Da musste er jetzt ohne Verzögerungen durch.

Mike nahm sich die zweite Mappe mit der Aufschrift „Depot"
vor. Er sah sich die Depotbewegungen an, glich die
Einzelposten ab und rechnete hin und her. Gottseidank keine
neuen Überraschungen! Er hatte lediglich einen Teil seiner
Wettgewinne in Wertpapieren wiederangelegt. Mike sah sich
die Zahlen an. Da galt es noch etwas zu tun, da gab es noch
einiges mehr anzulegen. Und was hatte er bisher angelegt?
Mike sah die Orderabrechnungen durch: Da hatte er ein paar
Aktien gekauft, die hohe Ausschüttungen versprachen. Aber da
gab es noch eine Anleihe, in die er einen größeren Betrag
investiert hatte. Mike sah sich diese Orderabrechnung an: Das
war die Anleihe der RWE AG mit einem Kupon von 3,625 %
und einer Laufzeit bis 02/29. Welchen Kaufkurs hatte er
bekommen? Das waren 99,95 %, also eine Punktlandung. Mike
sah sich die Wertpapierkennnummer dieser Anleihe an:
A30V83.

XIII

Mike saß am Küchentisch. Er war ein wenig stolz auf sich: Er hatte jetzt fast die gesamte Summe, die ihm aus seinen Sportwetten zugeflossen war, in Wertpapieren angelegt. Einen Teil hatte er ja schon früher angelegt, aber da war ein schwarzes Loch. Was hatte er da in den letzten Tagen – waren es zehn oder vierzehn Tage? – alles gemacht. Er hatte Unternehmens-anleihen herausgesucht, die auf der einen Seite einen möglichst hohen Kupon hatten, auf der anderen Seite aber seriös waren, also ein möglichst gutes Rating hatten. Dazu galt es natürlich auch, die Laufzeiten der Anleihen unterschiedlich zu gestalten und darüber hinaus nicht zu viel Geld in ein einzelnes Unternehmen zu stecken. Auch musste auf unterschiedliche Branchen verteilt werden, kurz, Klumpenrisiken jedweder Art sollten vermieden werden. Aber das war ihm nach eigener Ansicht gelungen.

Er stand auf. Neben dem Kühlschrank stand die Dose mit dem Espressopulver. Mike nahm sie und betrachtete sie. „Tonino Lamborghini" stand darauf, aber das hatte schon immer darauf gestanden. Doch diese Dose stand für etwas, was er immer noch nicht fassen konnte. Zum wievielten Mal noch: Was hatte ihn da geritten mit den exklusiven Einkäufen und erst recht mit diesen Sportwetten? Nun, bei diesen war er ja sehr zielstrebig vorgegangen. Hatte ihn dabei jemand beraten? Aber die Erinnerung an all das war ausgelöscht und würde wohl nie wiederkehren. Andererseits konnte er froh sein, diesen Filmriss so gut überstanden zu haben. Eigentlich fühlte er sich fit. Nur mit den Kennnummern der Wertpapiere war es so, dass er sich diese nicht mehr so gut merken konnte wie früher. Aber das war vielleicht auch nur Einbildung.

Mike wog die Dose, die er immer noch in der Hand hielt. Viel konnte nicht mehr darin sein. Er öffnete die Dose: Es war noch Kaffeepulver für einige wenige Tassen darin. Mike hielt die Dose unter seine Nase und schnüffelte. Welch köstliches Aroma! Aber nach dieser Dose war Schluss mit den Extravaganzen! Es klingelte. Mike schreckte aus seinen Gedanken hoch. Er stellte die Dose da ab, wo sie vorher gestanden hatte, und ging zur Tür. Wer konnte das wohl sein? Pakete erwartete er nicht und für den Postboten war es deutlich zu früh. Im Spion der Tür zum Hausflur war eine Person zu erkennen. Mike öffnete die Tür. Eine Frau stand davor.

„Ja bitte?", fragte Mike.

„Ich wollte mich nur kurz vorstellen", sagte die Frau. „Ich bin Ihre neue Nachbarin. Ich heiße ..." Sie nannte einen Namen, den Mike nicht verstand, aber er nahm ihre sanfte und angenehme Stimme wahr. „Ich wollte Sie aber nicht stören."

„Nein, das tun Sie keineswegs", antwortete Mike. „Es ist nur so, dass es sich hier um eine relativ große Wohneinheit handelt, und da erlebe ich es eigentlich gar nicht, dass ein Nachbar oder eine Nachbarin Kontakt sucht. Ich finde es aber schön, dass Sie hier sind, um sich vorzustellen." Mike betrachtete die Frau. Sie mochte Ende 40 oder Anfang 50 sein. Man konnte sie auf den ersten Blick nicht als hübsch bezeichnen, aber sie hatte ein ausdrucksstarkes Gesicht mit lebhaften dunklen Augen. Sie trug schulterlanges schwarzes Haar, welches gescheitelt war. „Ich weiß jetzt nicht, ob sich das gehört", fuhr Mike fort. „Und bitte verstehen Sie mich nicht falsch. Aber möchten Sie nicht auf eine Tasse Espresso hereinkommen?"

„Bei einem Espresso sage ich nicht nein", sagte die Frau und lächelte. „Ich finde Ihre Einladung übrigens auch sonst sehr nett."

„Wissen Sie, wir machen es so", sagte Mike. „Sie nehmen schon einmal in meiner guten Stube Platz und ich gehe in die Küche und bereite uns den Espresso."

„Ja, gern", antwortete seine Besucherin und lächelte erneut.

„Dann bitte hier." Mike wies mit der Hand die Richtung.

Die neue Nachbarin strich sich durch das Haar. „Auf Ihren Espresso freue ich mich schon." Sie ging an Mike vorbei und trat in das Wohnzimmer.

Mike war im Flur stehengeblieben. Irgendetwas kam ihm anders vor. Dann nahm er es wahr: In der Luft lag ein Hauch von Chanel.